인생이 내추럴해지는 방법

인생이 내추럴해지는 방법

신이현 지음

와인과 삶에 자연을 담는
프랑스인 남편과
소설가 신이현의
장밋빛 인생,
그 유쾌한 이야기

더숲

프롤로그

"꽤 고생할 텐데 그거?"

레돔이 농부가 되고 싶다고 했을 때 나는 이렇게 말했다.

"그래도 좋아. 죽어도 농부가 되고 싶어."

그는 또 이렇게 말했다. 죽어도 되고 싶다는데 더 이상 무슨 말을 할까.

"그렇다면 인생을 바꿀 수밖에 없겠네."

이렇게 해서 우리는 나라를 바꾸고 직업을 바꾸어 새로운 인생을 시작했다.

현재 그는 농부가 되어 죽도록 고생하는 중이다. 아침에 일어나면 커피에 빵 한 조각을 먹고 밭으로 간다. 밭에 가면 돌아올 생각을 않는다. 허기가 져서 겨우 들어와 점심을 먹고 잠시 쉰다는 것이 깊은 잠 속에 빠져들어 버린다. 날아가는 새소리에 놀라서 깨어 모자를 쥐고 밭으로 달려간다.

포도나무 가지를 치고, 무릎을 꿇고 나무 발치를 긁어 주고, 왕겨를 덮어 주고, 닦아 주고, 뽀뽀도 해주고, 지나가는 새가 똥을 몇 번 누었는지, 너구리가 판 굴에 손을 넣고 지렁이를 잡아 그 굵기에 감탄하고, 그러느라 시간이 어떻게 가는지 어느새 밤이다.

"당신 어두운 밭에서 뭐하는 거야? 온 동네 사람들이 수군거린다, 바보라고."

내가 이렇게 말하지만 그는 들은 척도 않는다.

밭에서 돌아오면 혀가 목까지 내려와 목소리도 나오지 않는다. 비틀비틀 욕실로 가서 뜨거운 물에 샤워를 하고 나와 냉장고에서 시드르를 꺼내 한 잔 따라 마시고는 휴 하고 비로소 한숨을 쉰다. 젖은 머리카락을 뒤로 넘기고 그제야 생기가 도는 미소를 짓고 나를 본다. 그리고 이야기를 시작한다. 첫 제비꽃이 피었어, 딸기 줄기들이 너무 잘 기어 다녀, 루바브는 뿌리갈이를 해야겠어, 비가 오더니 호밀이 파랗게 올라오기 시작했어, 봤지?, 푹신푹신해……. 학교에 다녀온 아이가 친구 이야기하듯이 밭에서 자라는 모든 식물에 대해 이야기한다.

'나는 정말 이상한 남자와 결혼했구나!'

다음 날엔 양조장 일을 한다. 와인이 잘 익고 있는지 살피고 발효탱크갈이를 한다. 그때마다 실험하던 술을 버리지 않고 내게 가져온다.

"어떤지 한번 마셔 봐."

나는 병 속의 와인을 더 좋아하지만 그건 팔아야 한단다. 매일 실험 중인 찌꺼기 술만 가져온다. 그는 찌꺼기 술잔에 긴 코를 밀어 넣고 향을 맡고 맛을 본다. 아, 올해는 비가 너무 많이 와서 당이 높지 않아 아쉽다, 그렇지만 신맛이 아주 좋다, 이런 정도의 신맛이면 스파클링을 만들기에 좋겠어……. 그는 이제 와인 이야기를 끝없이 한다. 나는 매일 밤 지렁이나 왕겨 혹은 찌꺼기 술 속에 고인 효모와 산도 이야기를 들으며 잠이 든다. 인생이 이래도 되나?

그런데 나 또한 이렇게 될 줄은 몰랐다. 언제부턴가 나는 장화를 신고 장갑을 끼고 모자를 쓰고 밭으로 들어서는 그 순간이 좋아졌다. 농사일에 재미가 들기 시작한 것이다. 매일, 매달, 매 계절 달라지는 나무들이 참 사랑스럽다. 포도잎에 붙은 벌레를 쫓기 위해 가로수 은행알들을 트렁크가 터지도록 주워 와 삶는다. 사람들은 그 냄새가 구리다고 하는데 나는 흐뭇한 미소가 나온다. 포도밭 여신이 되어 가는 걸까.

우리가 밭에 들어서면 나무들이 좋아서 이파리를 흔들며 소리를 내는 것만 같다.

"그래, 그래. 이놈들아 조금만 기다려 봐. 아빠가 뭘 가져왔는지 한번 볼래?"

레돔은 산에서 주워 온 썩은 떡갈나무 나무둥치 몇 개를 포도나무 아래 넣어 준다. 어린 자식에게 장난감을 쥐어 주는 아빠 같다.

인생이 내추럴해지는 방법

"나무둥치들을 밭고랑에 넣어 주면 여기에 여러 벌레들이 살아서 포도밭이 작은 우주처럼 하모니가 좋아져."

그의 말이 어디까지 실현될지 모르겠지만 우리는 이렇게 농부가 되어 가는 중이다.

"대박 나세요. 성공하세요."

인생을 바꾼 뒤 사람들이 이런 말로 응원한다. 그것도 좋겠지만 별 의미는 없다. 우리는 이미 원하는 인생을 살고 있으니까. 우리의 꿈이 어디로 갈지는 아무도 모른다. 완결되지 않은 채 불안하게 진행 중인 지금이 나쁘진 않다. 끝을 알 수 없는 한 편의 스릴러처럼 흥미롭다. 엄청난 부자가 되어 난리가 나는 건 아닌지 모르겠다. 빚을 잔뜩 지고 밀항선에 몸을 숨기느라 진짜 뜨거운 난리가 날지도 모른다. 어느 것이 되어도 상관없다. 중요한 건 지금 우리는 '후회 없이 꿈을 꾸었다', 노래할 수 있기 때문이다.

2022년 작은 알자스 레돔 테루아에서 신이현

차례

제3장 와인은 익어 가고 우리는 살아남았다

제4장 노래하는 땅으로 일구다

제5장   후회 없이 꿈꾸고 있으니 걱정은 말아 줘

제1장

그렇게
농부가 되다

이 땅은 이제 우리의 땀을 받아먹고

싹을 틔우고 나날이 푸름을 더해 갈 것이다.

그 보답으로 우리에게 흰 머리카락과 깊은 주름을 돌려줄 것이다.

땅은 그런 것이다.

농부가 된 남자
레돔 씨

"이렇게 더 이상 계속할 수는 없어. 죽을 것 같아."

2015년 어느 날 새벽 두 시 회사에서 돌아온 남편 레돔이 말했다. 이 한마디가 우리 가족의 인생 항로를 바꾸어 놓을 줄은 그때는 몰랐다. 프랑스에서 결혼한 뒤 파리에서 살던 우리는 늘 한국에서 살고 싶어 했고 이윽고 서울로 발령받게 되었다. 처음 서울 생활을 시작할 때 레돔은 한국 문화와 한국말을 배울 수 있는 좋은 기회라고 기대에 부풀었다. 그러나 한국 생활 일 년이 지날 즈음 그 모든 것이 꿈이었음을 깨달았다.

발령받은 첫날부터 회사 일이 새벽 세 시까지 이어졌다. 주말에도 일을 해야 했다.

'한 달 뒤면 정상으로 돌아오겠지.'

그러나 일 년이 지나도 이런 상황은 계속되었다. 그는 점점 말라 갔고 얼굴 보며 함께 밥 먹기도 어려웠다. 결국 우리는 한국 생활을 접기로 결심하고 다시 프랑스로 돌아갔다. 이 쓰라린 경험은 레돔이 자기 인생에 대해 많은 생각을 하는 계기가 되었다. 그는 컴퓨터 프로그램 관련 일을 접고 오랫동안 원하던 일을 하고 싶다고 했다. 그게 뭐냐는 내 질문에 이렇게 대답했다.

"농부가 되고 싶어."

농부라니. 그런 건 나중에 은퇴하고 취미로 하면 되지 않는가? 레돔은 제대로 된 농부가 되려면 한 살이라도 젊을 때 시작해야 한다고 반박했다. 한국에서 파리에 돌아가자 그는 나이 마흔에 농업 대학에 편입해 포도 재배와 와인 양조 공부를 시작했다. 프랑스에서 포도 농사를 짓고 와인을 만들기 위해서는 농업대학 졸업은 의무 사항이라고 했다.

어제까지 넥타이 매고 노트북 가방 들고 출근하던 남자가 청바지에 셔츠를 입고 포도밭으로 갔다. 곱슬머리는 어찌나 길고 수북한지 시아버지는 아들을 볼 때마다 머리 좀 깎으라고 사정했다. 한 집안의 가장이 직장을 버리고 포도밭에서 가지치기를 하니 걱정이 되었다.

"농사일해서 아들 뒷바라지는 제대로 할 수 있어? 그 나이에 무슨 공부를 새로 시작한다는 거야?"

농사와 와인을 공부하는 그의 등을 보노라면 안락했던 내 인생에 풍랑이 불어 닥치는 느낌이 들었다. 새로운 인생을 시작하는 그

인생이 내추럴해지는 방법

의 열정에 괜히 짜증이 났다. 그는 자신의 인생을 바꿀 마지막 기회라고 생각했는지 밤낮으로 공부를 팠다. 내심 졸업 시험에 실패하기를 바랐지만 통과하고 말았다.

"어디에 가서 농사를 짓고 와인을 만들지?"

졸업장을 손에 쥐자 그는 프랑스 남쪽으로 밭을 보러 돌아다니기 시작했다. 생각보다 실천력이 강한 남자였다.

"우리 이곳에서 한번 살아 볼까?"

피레네산맥 근처 포도밭이 끝없이 펼쳐진 곳이었다. 그곳은 보르도나 부르고뉴, 보졸레 지방처럼 와인으로 유명한 곳의 땅값에 비해 그리 비싸지 않았다. 퇴직하는 농부들이 와인 창고와 저장된 와인, 포도밭, 기계 등 모든 것을 한꺼번에 넘기는 곳도 많았다. 그러나 내게는 그 땅이 너무 낯설었다. 끝없이 펼쳐진 포도밭과 이글거리는 남쪽 태양과 쉬지 않고 불어오는 바람, 이런 낯선 시골에서 조그마한 동양 여자로 늙어 가기 싫었다. 이곳에서는 한국말을 할 사람도 없을 것이다. 파리에서는 한국말을 하며 김치전을 부쳐 먹을 친구들이 많았지만 이곳에 나와 같은 말, 같은 음식을 먹는 사람은 한 명도 없을 것이다. 남프랑스 깡시골에서 포도 따는 외로운 동양 할머니의 모습이 그려졌다. 나는 더 이상 외국에 살고 싶지 않았다.

"그럼 한국은 어때? 포도와인은 많지만 사과로 만든 시드르는 아직 없어. 우리가 한번 만들어 보자."

이렇게 제안한 건 나였다. 솔직히 사과와인을 만들겠다는 구체적인 계획 같은 건 없었다. 그냥 더는 프랑스에서 살고 싶지 않았다. 그는 어디에서든 농사만 지을 수 있다면 좋다고 했다. 우리는 또다시 한국으로 오기 위한 준비에 돌입했다. 우리를 아는 모든 사람이 걱정했다. 어른들이야 자기 하고 싶은 걸 한다지만 이제 중학교에 올라가는 아들은 어쩔 거냐는 것이었다. 아이는 비명을 질렀다.

"한국 학교 싫어!"

아이는 한국말이 서툴렀고 한국 학교에 가서 꼴찌가 되는 것에 겁을 먹었다. 공부를 못해서 자존심이 구겨질까 봐 걱정했다. 나는 아이가 고등학교는 졸업한 뒤 시작하면 안 되겠느냐고 물었다. 아이 인생은 한번 망쳐지면 돌이킬 수 없지 않느냐고 설득했다. 그러나 레돔의 고집을 꺾을 수 없었다. 무슨 이런 아빠가 다 있는지, 보통 고집이 아니었다.

"아들 고등학교 졸업할 때까지 기다리면 6년 세월인데 그럼 내 나이가 몇이지? 안 돼. 얜 아직 어려. 부모와 함께라면 아이는 어디를 가든 상관없어. 괜찮아."

그는 더 이상 기다릴 수 없다고 했다. 고민이 없었던 것은 아니지만 우리는 늙어 가는 아비의 꿈이 더 중요하다는 결정을 내렸다. 농부가 되기에도 적절한 때가 있다. 빠를수록 좋다는 것이다. 지금을 놓치면 인생도 망치고 농사도 망친다. 이렇게 해서 다시 한국행 비행기에 올랐다.

"안녕, 프랑스. 당분간은 안 그리울 거야."

새로운 시작이
쉽지만은 않았지만

곱슬머리에 키가 크고 내성적으로 보이는 외국 남자가 조그만 동양 여자와 함께 사과밭 사이로 걸어가면 사람들이 걸음을 멈추고 바라보았다. 와서 말을 거는 사람들도 있었다.

"뭐요? 한국에서 과일 농사를 짓겠다고요? 그걸로 와인을 만들 계획이라고요? 와 멋지다……. 그런데 땅은 있습니까? 어느 지역에서 살 생각이죠? 땅 살 돈은 얼마나 가지고 계신가요? 생활비는 어떻게 벌 거예요? 한국 과일로 제대로 된 와인이 될까요? 와인 만들면 팔 데는 있어요? 아들은 어느 학교에 들어갑니까?"

다들 이런 질문을 했다. 우리는 파리의 아파트를 팔았고 가진 재산은 그것이 전부였다. 한국의 땅값이 얼마인지, 양조장을 짓는 데 건축비가 얼마인지, 아들 공부를 시키는 데 드는 돈이 얼마인지, 앞으로 우리 생활비는 어떻게 벌지, 그런 계산은 하지 않았다. 남자는 농사를 짓고 싶어 하고 여자는 한국에 살고 싶어서 무작정 왔다. 아무 계획도 없었고 그냥 원대한 꿈만 있었다.

"어허, 이 사람들 진짜 어떻게 살려고. 큰일 났네……."

프랑스를 떠날 때도 사람들은 우리 앞날을 걱정했는데 한국에 오니 더했다. 사람들이 걱정하니 덩달아 걱정이 깊어 갔다. 일 년 뒤 우리는 아파트 팔아서 가져온 돈을 모두 탕진하고 거리에 나앉게 될지도 모른다. 아들의 미래를 생각하면서 잠 못 이루는 밤을 보내곤 했다. 아들 인생을 망치면 모든 것이 끝이다……. 악몽을 꾸기도 했지만 아침이 되면 태양이 떠올랐고 다시 낙관적인 마음이 되었다.

'그래, 망해도 좋아. 적어도 죽기 전에 하고 싶은 일을 했다는 말은 할 수 있겠지.'

이렇게 마음을 달랬다. 아이는 친정이 있는 대구의 한 학교에 막무가내로 밀어 넣었다. 내성적인 아들은 새로운 학교를 두려워했지만 거기까지 신경 쓸 여유가 없었다.

"우리 아들 잘할 수 있다!"

이렇게 말하며 던져 놓은 뒤 중고차를 한 대 구입해 온 대한민국을 돌아다니기 시작했다. 무엇보다 한국의 사과와 포도에 어떤 종류가 있는지 궁금했다. 그 과일로 만든 술들은 어떤 맛인지도 궁금했다. 지역마다 특징이 다른 땅과 기후를 파악해야 정착지를 정할 수 있었다.

사과 연구소에도 갔고 포도 작목반에도 갔다. 과일 농사를 잘 짓는 농부들도 만났고, 와인 만드는 분들도 만났다. 처음엔 포도 산지라고 할 수 있는 영천에서 시작했는데 정신 차리고 보니 강원도까지 가 있었다. 포도는 남쪽에서 잘되고, 사과는 기후변화로 재배지가 강원도까지 올라와 있었기 때문이다. 과일은 다양했지만 어떤 술이 나올지 확신이 서지 않았다. 어떤 품종이 각 지역의 기후와 땅에 잘 맞는지도 확신이 서지 않았다. 어디에 정착해야 할지도 모르겠고, 무엇보다 농사지을 밭과 와인을 제조할 양조장은 어떻게 찾아야 할지, 한 치 앞이 보이지 않았다. 나날이 몸만 고달파졌다.

"저희는 농사를 지으면서 와인을 만들 계획입니다. 이 근처에 농사지을 땅 없을까요? 집도 필요하고 작업할 창고도 필요합니다. 일단은 땅을 빌려서 농사짓고, 집도 작업장도 임차할 생각입니다만."

지역 농업기술센터에 가보라고 해서 무작정 찾아가 우리의 처지와 희망 사항을 풀어놓기도 했다. 공공기관을 찾아가 도움을 요청하는 것은 상당한 용기를 필요로 했지만 어디를 가도 반응은 시원찮았다. 우리의 꿈은 야무졌지만 사람들은 고개를 갸웃거렸다.

'그 일이 그렇게 뚝딱 쉽게 풀리는 게 아니랍니다.'

이런 표정들이었다. 그때마다 우리 꿈을 하찮게 여기는 그들이 원망스럽고, 나 자신이 현실성 없는 무모한 여자가 된 느낌이 들어 풀이 죽었다. 차라리 부동산으로 가보는 것이 좋겠다고 생각했다.

"그런 땅 없습니다. 요새 10만 원 이하 땅이 어디 있습니까? 월세

100만 원 이하 공장은 없어요."

별로 돈이 되지 않을 객이라고 생각하는지 부동산도 시큰둥했다. 레돔은 한국의 땅값에 눈이 휘둥그레졌다. 프랑스의 열 배라고 했다.

"사표만 던진다고 새로운 인생이 펼쳐지나? 남편은 한국말도 못하지, 아들은 어리지, 땅도 집도 없고, 고정 월급도 없고……. 무슨 배짱으로 한국에 왔니? 인생이 그렇게 호락호락 풀린다면 세상 사람들 다 직장 집어치웠지."

만나는 사람마다 비슷한 걱정 노래를 불러 주며 앞으로 어떻게 살 거냐며 물었다. 나는 그들의 걱정스러운 눈길이 싫었다. 한마디로 '왕짜증'이 났다. 밤이 되어 더부살이로 사는 친정집으로 돌아오면 그제야 내게도 아들이 있다는 사실을 깨달았다.

"요즘 어떻게 지내니? 학교는 괜찮지? 친구는 좀 사귀었니?"

이렇게 안부를 물으면서 너무 미안했다. 프랑스 학교에 다니던 아이를 갑자기 한국 학교에 넣었으니 제대로 적응할 리가 없었겠지만 그냥 눈을 질끈 감아 버렸다. 엉엉 울지 않으니 잘 지내는 것이라고 믿어 버렸다. 나는 아이의 머리칼을 헝클어뜨리고 이마에 뽀뽀를 했다. 아이를 꼭 껴안고 따뜻한 온기를 느끼면서 평상심을 되찾았다. 불안정하긴 하지만 지금 이대로의 인생도 괜찮은 것 같은데 다들 뭘 그리 걱정해 주실까. 적어도 우리는 '후회 없이 꿈을 꾸었다', 노래할 수 있을 것이다.

그나저나 미래의 우리 집은 어디에 숨어 있는지, 작업장 구하는 것이 그렇게 어려울 줄을 몰랐다. 부동산에서 소개해 주는 공장이란 것들이 죄다 마음에 들지 않았다. 이 고민은 지금은 이웃이 된, 그때는 초면이었던 이재윤 도예가를 만나면서 쉽게 풀려 버렸다.

"허허 한국에서 술 만들어 파는 것이 그렇게 쉬운 일이 아닌데. 어쩌면 도움이 될지도 모르겠습니다."

술 제조에 관한 한 '무엇이든 물어보세요 선생님'이라고 소개받은 배균호 선생님의 소개로 충주에 갔다. 조금 아는 사람이 소개한 모르는 사람, 모르는 사람이 소개한 모르는 사람, 그때 우리는 과일 농사와 술에 관계된 사람이라면 누구라도 어디라도 찾아갔다. 생전 처음 충주에 가서 처음 보는 사람을 붙들고 우리가 필요한 것들을 줄줄이 사탕으로 늘어놓았다.

"지금 우리한테 제일 필요한 것이 와인 만들 작업장인데 구하기가 쉽지가 않네요."

한국 주류법에 대해 이야기하다가 큰 기대 없이 한마디 해보았다.

"저기 우리 옆집 도자기 공방이 비었다던데 한번 보실래요?"

이렇게 우연히, 그토록 고대하던 작업장이 구해졌다. 소나무로 둘러싸인 그 집이 마음에 들었다. 충주, 물이 많은 도시라고 했다. 한 번도 살아 본 적 없지만 이사도 하기 전에 이 도시가 마음에 들기 시작했다. 이미 충주는 오래전부터 우리를 기다리고 있었던 듯한 느낌마저 들었다.

"안녕, 충주 씨. 이제 우리 잘해 봐요!"

맛있는 와인은
농부의 손에서 시작된다

"술을 만들려고 하면서 왜 농사부터 지으려는 거지? 과일은 근처에서 구입하는 게 훨씬 경제적이야. 모두 다 그렇게 말해. 농사짓기 시작하면 나는 바로 쪼그랑 할머니가 될 거라고 하더라. 아, 진짜."

어렵게 와인 작업장을 구하고 나니 레돔은 이제 과일밭을 찾아야 한다고 했다. 농사짓기는 좀 늦추자는 나의 권유에 그는 어깨만 으쓱했다. 싫다는 뜻이다. 그는 이미 농사에 대한 계획이 서 있었다. 좋은 술은 농부의 손에서 시작된다는 것이 그의 생각이다. 그렇지만 농사지을 땅이 그저 뚝딱 구해지는 것은 아니다. 한국에 도착하면서 레돔은 끊임없이 무엇인가를 필요로 했다. 처음엔 과일 종류를 알기 위해 온갖 과일 연구소를 찾아다니게 했다. 그러더니 각 지역의 기후와 땅의 특징을 알고 싶다고 했다. 와인 양조장들도 방문

인생이 내추럴해지는 방법

하고 싶다고 했다. 나라고 뽀족한 방법이 있는 것은 아니었다. 무작정 찾아가기 혹은 무작정 전화 걸기를 했다. 생계가 달려 있다고 생각하니 하게 되었다. 그렇게 해서 작업장도 찾았는데 이제는 과일밭을 요구했다. 내가 슈퍼우먼도 아니고.

"이 술 한 잔이 그냥 하늘에서 뚝 떨어진 게 아니야."

그때 우리는 레돔이 일하는 프랑스 알자스 지방의 와이너리에서 가져온 와인을 마시고 있었다. 형제가 포도 농사를 지으며 와인을 만드는 작은 와이너리의 술이었다. 겨울 한 달 동안 가지치기를 하고 봄이 오면 풀을 베고 여름이면 포도를 수확해서 착즙을 했다. 즙은 겨울 내내 천천히 숙성되어 갔고, 그동안 포도밭은 누렇게 물든 잎을 떨어뜨리고 휴식을 취했다. 이렇게 밭일부터 술 빚는 일까지 모두 농부의 손에서 이루어지는 사이클로 돌아갔다. 농부는 자신의 땅과 포도나무는 물론이고 그곳에 불어닥치는 비와 바람, 태양에 대해서도 잘 알았다. 어떤 맛의 와인으로 탄생될지 농사를 지으면서 벌써 감지할 수 있었다. 와이너리에서 과일 농사를 짓는 것은 기본이라고 했다.

"농업의 꽃은 술이다."

이 말은 레돔과 그의 와인 메이커 친구들이 늘 하는 말이다. 누가 한 소리인지 모르겠지만 명언이다. 태초에 농부가 비바람과 뙤약볕 아래 허리를 구부려 일하는 것은 무엇보다 배를 채우기 위한 것이다. 한 톨의 쌀과 밀은 생존에 꼭 필요한 것이라는 경건함이 있다.

그러나 농업의 끝은 여기가 아니다. 인간이 배를 채운 뒤 처음으로 술을 마시게 되었을 때 그 기분이 어땠을지 상상하면 입가에 미소가 감돈다. 얼마나 설레고 즐거웠을까. 술은 그런 것이겠지. 생존이 아닌 휴식과 즐거움을 위한 액체다.

개인적인 생각이지만 문학도 그렇다. 둘 다 생존과는 아무 관계가 없다. 술 안 마셔도 살 수 있고, 글 안 읽어도 잘 살 수 있다. 살기 위한 것이 아닌 가외의 즐거움을 위한 것이다. 술을 빚거나 소설을 쓰는 사람들은 인생 무용지물의 아름다움에 취한 사람들이다.

세상을 바꾸기 위한 글도 있고 삶을 개척하고 인격을 함양시키거나 지적 수준을 높여 주는 등의 실용적인 글도 있지만, 문학의 순수한 존재 가치는 나만의 조용한 기쁨을 느낄 때다. 침대맡에 앉아 두꺼운 소설책을 읽으며 밤새 인물들을 따라가는 것은 생존과 관계없다. 술을 마시는 것 또한 그렇다. 무용한 즐거운 짓에 빠지는 것이다.

"좋은 와인이 어떤 것이냐고 묻는 사람들이 있는데, 그 질문은 어떤 여자가 제일 예쁘고 어떤 남자가 제일 잘생겼느냐는 질문과 같아. 세상에 맛없는 내추럴와인은 없어. 한 잔의 와인을 마신다는 것은 그 과일이 자란 땅과 나무, 바람과 햇빛을 느끼고 즐긴다는 것이야. 좀 거칠거나 심플해서 별맛이 없다 해도 그것은 그 술이 온 땅에 대한 솔직한 설명이야. 사람들이 좋아할 것 같은 향이나 맛을 첨가하지 않은 술이라면 그 자체로 괜찮은 거라고 생각해. 제조 방법이 적힌 레시피에 따라 만든 술도 있지만 와인은 자연이 준 그대로 표현하는 거라고 할 수 있어. 와인의 시작은 바로 땅이야. 그러니 농사를 지어야 와인을 만들 수 있지.”

좀 편하게 살아 보려고 궁리하지만 나는 늘 그에게 설득당하고 만다. 해서 과일밭을 찾기 시작했다. 나라고 별 수가 있는 건 아니다. 그냥 만나는 사람마다 붙들고 혹시 농사지을 만한 과일밭이 있는지 물었다. 전기일 하러 오는 아저씨, 동네 분들, 쓰레기 분리수거하러 오신 분들, 가스 충전하러 오신 분, 단골로 가는 식당이나 찻집, 슈퍼마켓 직원……. 발등에 불 떨어지면 사람은 그냥 마구 하게 되는 모양이다. 시골에 농사 못 지어 내놓은 과일밭이 많다고 하지만 막상 내가 하려고 보면 잘 안 나타난다.

“사과밭이든 포도밭이든 우리는 둘 다 좋아요. 집 근처면 좋지만 좀 멀어도 괜찮아요.”

어느 날 보일러를 수리하러 오신 동네 할아버지께 이렇게 부탁했다. 뒷마감이 서툰 할아버지는 난롯가에 앉아 충주시 엄정면 일대 보일러와 수도는 몽땅 자기가 고친다는 것을 시작으로 이런저런 이야기를 하고 계시는 중이었다.

“농사는 뭐 하러 지을라캐? 밭에 함 나가 봐라. 얼굴 시커멓게 되고 허리 꼬부라들고 폭삭 늙는다. 시작하면 그만둘 수도 없어. 죽도록 고생만 하고 돈도 못 버는 게 농사야. 절대 하지 마라.”

이렇게 충고하며 술 한 잔 드신 뒤 가버렸다. 틀린 말이 아니었다. 이제 밭을 얻게 되면 농부 모자 쓰고 토시 끼고 밭으로 가야 할 것이다. 시커멓고 주름투성이 아줌마가 될 것이다. 파리의 미술관들을 순례하고 카페에 앉아 에스프레소를 마시며 지나가는 개들을 구경하던 파리지앵 시절이 꿈같다. 이제 내 인생 진짜 야단났다는 생각이 들었다. 정말이지 농사지을 자신이 생기지 않았다.

"당분간은 그냥 과일을 사서 술을 만드는 수밖에 없겠다. 농사지을 밭이 도무지 안 나오네!"

농사는 일 년쯤 있다가 지어야겠다고 생각하는데 사과밭을 구했다는 보일러 할아버지의 연락이 왔다. 당장 계약하겠다고 했더니 밭주인이 다음 날 임대료를 배로 올려 버렸다. 레돔은 화가 나서 펄펄 뛰었다. 보일러 할아버지는 동네에 다른 밭 알아보겠다고 하시더니 일주일 뒤에 연락해 왔다. 사과밭 2천 평이었다. 임대료도 없었다. 그냥 농사만 지어 주면 된다고 했다. 레돔은 신이 났다. 그러나 공짜 밭 2천 평이 우리에게 떨어졌을 때는 다 이유가 있었다.

남의 땅에서
짓는 농사

보일러 할아버지가 주선해 준 사과밭 나무들은 너무 늙었고 병들어 있었다. 거저 가져가라고 해도 동네에서 아무도 거들떠보지 않는 밭이었다. 그러나 레돔은 열정에 차서 뛰어들었다.

2천 평 바닥에 깔린 은박지 필름을 걷어내고 새를 쫓기 위해 나뭇가지에 얼키설키 묶어 놓은 반짝이들을 하나하나 풀어냈다. 과수원 청소하는 데 서너 달이 더 걸렸다. 늙고 병든 나무들 둥치를 하나하나 솔로 닦아 내고 백토를 칠해 병이 깊어지지 않도록 처방했다. 과수원 청소를 끝낸 뒤 땅이 살아나도록 네잎클로버 씨앗을 10킬로그램 뿌리면서 농사를 시작했다. 건강한 땅, 잘 자라는 나무가 되도록 백방으로 노력했지만 잘되지 않았다.

우리는 그 밭에서 이 년 농사를 짓고 물러났다. 두 해 모두 제대로 수확하지 못했다. 사과꽃이 피고 반짝이는 작은 열매가 열릴 때의 감동은 오래가지 않았다. 초록 사과가 붉어지기 시작할 때 과수병이 무섭게 번져 갔다. 열병이 깊은 아이의 머리를 짚고 벌벌 떠는 것과 같은 쓰라린 경험이었다. 모두가 약을 치지 않으면 안 된다고 했지만 레돔은 자기 고집대로 했다.

우리는 병이 깊어지기 전에 서둘러 풋사과를 땄고 그것으로 사과 와인을 담갔다. 그다음 해도 농사가 잘되지 않았고 우리는 풋사과를 따야만 했다. 그리고 또 풋사과 와인을 만들었다. 팔 수 없는 와인이었고 그냥 집에서 우리끼리 마셨다. 풋사과 와인은 알쏭달쏭 독특한 맛이 났다. 신기하게도 던져 놓았던 풋사과 와인의 맛이 매년 깊어져 삼 년이 지났을 때는 굉장히 괜찮았다. 코르크 뚜껑을 따면 뻥 소리와 함께 하얀 와인 연기가 피어올랐다.

'그래도 이렇게 술로 남았으니 얼마나 좋은지 모르겠어. 모두 썩어 없어졌을 뻔했잖아. 앞으로 이 와인은 더 맛있어질 거야.'

농부의 눈물에 버무려진 풋사과가 이렇게 말하는 듯했다.

"우리 땅을 찾아야 해. 남의 땅에 이렇게 열정을 쏟다니 너무 허무한 것 같아."

남의 땅과 나무를 애지중지하는 레돔을 보고 있자니 하루라도 빨리 우리 땅을 사서 그곳에 꿈을 심어야 한다는 생각이 들었다. 언제 팔릴지 모르는 남의 땅에 계속해서 농사를 지을 수는 없었다. 진짜 정착지를 구하기 위해 우리는 또다시 대한민국을 돌아다니기 시작했다.

"얼마 정도면 될까? 한 평에 3만 원 정도면 충분하지 않아?"

처음에 우리는 평당 3만 원에서 시작했지만 적어도 열 배는 더 줘야 한다는 사실을 깨닫게 되었다. 스무 배도 더 줘야 하는 곳도 있었다. 후덜덜해졌다.

"그래도 열심히 찾아보면 싸고 괜찮은 땅이 있지 않을까 싶은데."

우리는 세상 물정 모르는 농부가 내놓은 눈먼 땅이 있을지도 모른다는 기대감으로 깊은 산골 쪽으로 다녀 보았다. 차가 뒤집어질 것처럼 가파른 산모퉁이에 농사를 짓고 있는 어르신들이 아직도 많이 있었다.

"여기 내 사과가 대한민국에서 제일이야. 서울 높은 분들이 다 우리 사과를 대먹지. 유명해. 여기 사과 팔아서 아들 셋 대학 보내고 장가보냈어. 그런데 이제는 정말 힘들어. 못해 먹겠어. 우리 마누라 좀 봐."

할아버지가 옆에 서 있는 할머니를 가리켰다. 농사일에 삭아 내린 작은 몸의 할머니가 두려운 듯한 눈길로 우리를 보았다.

'나는 시집와서 이곳에서 죽도록 일만 했답니다. 절대 아프면 안될 무릎이 아파서 걸을 수가 없어요. 올해 이 사과밭을 못 팔면 나는 또 일해야 해요. 이제는 농사일이 무서워요. 제발 우리 밭 좀 가져가 주세요.'

이렇게 말하는 듯했다. 그 뒤쪽으로는 몇 년째 버려 놓은 밭이 있었다. 밀림처럼 우거져 있었다.

"이 사과밭을 보면 내 가슴이 아파. 남부끄러워. 자식 중 한 놈이라도 물려받겠다면 좋겠지만…… 잘해 낼 수 있겠나. 그렇게 쉽게 덤빌 일이 아니야."

아버지의 영광과 고난의 가업을 이어 갈 자식은 모두 도시에 있고 그들은 땅이 아닌 돈을 원하고 있었다. 우리는 자식 대신 어르신의 노동을 넘겨받을 준비가 되어 있지만 돈이 모자랐다.

땅이 나왔다는 소리를 듣고 집을 나설 때면 늘 설레는 기분으로 간다. 어떤 풍경이 우리를 기다리고 있을까. 햇빛으로 물든 넓적한 돌 위에 앉아 먼 산을 볼 수 있는 곳, 꽃들 사이로 날아다니는 벌들의 윙윙대는 소리를 들을 수 있는 곳. 그러나 현실은 늘 반대다. 너무 조잡하거나 북향이거나 고속도로 밑이거나 너무 작거나 너무 크거나 너무 이상하거나 너무 비싸거나……. 대체로 우리는 실망을 안고 집으로 돌아온다. 터덜터덜 발걸음을 끌면서 '에잇 뭐야. 땅 구하기 이렇게 어려워서 어떻게 정착하겠어' 했다. 땅을 보고 온 날이면 미래의 방향점이 흔들린다. 과연 우리 땅에 우리 뜻대로 농사를 지을 날이 올 것인지 모르겠다.

"대기업에서 잘나가는 젊은 청년들이 사표 내고 농촌에서 미래를 봤다는 그런 종류의 이야기들 있잖아. 그래서 몇 년 만에 몇억 원을 올리며 성공했다는 그런 애들은 다 어디에 있는 거지? 온통 유모차 밀고 다니는 할아버지, 할머니밖에 없잖아. 그런 이야기가 진짜일까?"

내가 이런 이야기를 꺼내면 레돔은 콧방귀를 뀌며 화를 낸다. 도시에서 잘나가는 청년은 어디를 가도 잘나가니 그런 애들한테 무슨 관심이냐고 한다. 그러면서 한국의 농지값이 이렇게 비싸니 앞으로 대한민국 식량은 누가 만들어 낼 것이냐고 묻는다. 프랑스는 농지값이 오르지 못하도록 국가에서 철저하게 관리하고 진짜 농사짓는 농부가 아니면 절대 농지를 살 수 없다고 한다. 농부가 농지를 임대하면 주인도 마음대로 그 땅을 어떻게 못하고 어쩌고저쩌고……. 자기 나라 식량 정책과 농업 관리가 얼마나 잘되어 있는지 말하기 시작한다. 그런 말을 들으면 나는 화가 나서 "아아 프랑스 만세!" 하고, 이렇게 부부싸움이 되어 버린다.

"밭을 거저 주겠으니 와서 농사지으라고 해도 편의점 알바비 정도도 못 벌 거야. 그런데 농지마저 이렇게 비싸면 어떻게 하라는 거야. 농사가 이미 힘든 노동인데 돈까지 싸 짊어지고 와서 밭을 사서 고생한다면, 그놈은 정말 미친놈이지……. 한국 농촌을 살리는 길은 농사용 땅이 평당 1만 원 이하여야 해. 그래도 청년들이 올까 말까야."

땅을 보고 온 날이면 나는 레돔이야말로 미친놈이라는 생각이 든다. 그리고 땅 한 평에 1만 원 이하라니, 전국의 땅 주인들이 콧방귀 뀌는 소리에 뒤이어 외양간 소도 웃겠다.

첫눈에 반하는
땅도 있다

"왠지 그 땅을 잊을 수가 없어. 괜찮았다는 생각이 들어."

레돔이 이렇게 말할 때 얼굴에 깊은 상실감이 느껴졌다. 실패한 첫사랑을 다시 소환하여 추억을 되씹는 표정 그대로였다. 첫사랑을 가슴에 끌어안고 사는 것처럼 이제는 그 땅을 잊지 못할 것이라는 생각이 들었다. 땅은 인연이 닿아야 한다는 말이 무슨 뜻인지 몰랐는데, 이 년 정도 찾아다니다 보니 자연스럽게 알게 되었다.

남의 땅에다 농사를 계속 지을 수 없다는 결론이 내려진 뒤 우리는 참 많은 땅을 보러 다녔다. 너무 산꼭대기라 서 있으면 아래로 곤두박질칠 것 같은 땅들이 가장 많았다. 비가 오면 물이 고여 호수가 되는 곳, 전망은 좋으나 깊이 응달진 곳, 빛은 좋으나 고속도로 아래거나 축사 옆, 풍광이 아름다우나 양조장을 지을 수 없는 지목

등……. 세상에 싸고 좋은 땅은 없었다. 그 옛날 선을 백 번 넘게 보았던 친구가 생각났다. 땅이 나왔다는 소리를 들으면 불원천리 달려가며 '아, 이번에는……' 하고 가지만 대체로 실망만 안고 돌아온다. 선을 본 사람의 리스트는 점점 늘어 가지만 결혼의 그날은 더욱 멀어지는 것과 같은 것이다.

"눈높이를 낮춰야지. 그러다 혼자 늙어 죽는다."

백 번 선 본 친구에게 한 이 말이 땅을 찾는 데에도 통하는지 모르겠다. 우리가 원하는 땅은 심플했다. 뒤로는 작은 산에 감싸인 야트막한 언덕에, 앞으로는 확 트여 빛이 잘 들고 바람길이 막히지 않아 비가 온 뒤 습기가 남지 않고, 주변 환경이 깨끗하고 조용한 그런 곳……. 우리의 염원에 다들 그런 완벽한 인연은 절대 만날 수 없을 것이라고 장담했다. 그러니까 귀족만이 귀족 배우자를 만날 수 있는 것이다.

한번은 마음에 드는 땅을 만났다. 모든 조건에 부합했다. 야트막한 언덕에 햇빛이 잘 들고 무엇보다 양조장을 지을 수 있는 지목이었다. 첫눈에 반할 정도는 아니었지만 왠지 끌렸다. 돌아와서도 괜히 생각이 나고 두근거렸다. 사랑이란 이렇게 시작되는 것일까. 이 남자를 놓치면 죽어 버리지는 않겠지만 평생 그리워하며 상실감을 가지고 살 것 같아서, 누가 그 남자를 채어 가버리진 않을까 불안해서, 빠르게 결혼 날짜를 잡고 일을 추진했다. 그런데 이것이 무슨 일인가. 암초가 있었다. 결혼을 반대하는 시부모의 세력이라고 해야 할까. 사랑하는 사람과는 이루어질 수 없다는 징크스에 걸린 것이다.

그 땅은 임대 중이었고 다음 해 말까지 계약된 작약이 심겨 있었다. 땅을 사고도 아무것도 할 수 없다는 것이 망설여졌지만 일단 땅을 매입하고 일 년을 기다리기로 했다. 다들 작약 농부에게 계약 기간 만료 시 작약을 뽑는다는 확약서를 받아 두라고 권했다. 내 땅이라도 남이 심은 농작물은 마음대로 할 수 없는 법이 있다고 했다. 그런데 작약 농부는 확약서에 사인하기를 거부했다. 계약 기간이 끝나면 나갈 텐데, 왜 이런 것을 해야 하느냐고 화를 냈다. 사인해 주면 돈 줄 거냐고도 했다.

"그 땅 사면 앞으로 고생길이 쭉 뻗었다. 문제가 많을 거다!"

모두가 말리는 결혼을 앞둔 것이다. 우리는 다른 땅을 보러 다니기 시작했다. 그런데 계속 그 땅이 눈에 아른거렸다. 한번 마음을 주면 쉽게 돌아서지 못하는 레돔은 가슴앓이를 했다. 이루어질 수 없는 사랑에 끝까지 가보는 스타일이었다. 나는 더 좋다 싶은 땅을 대령하기 시작했지만, 그는 계속해서 고개를 저었다. 아무리 그래도 그 작약 땅이 더 좋다는 것이었다.

"당신 참 바보 같은 남자네. 잊을 건 잊어야 앞으로 나가지. 쓸데없이 미련이 너무 길어."

나는 벌컥 짜증을 냈다. 시작한 김에 꼬챙이를 들고 그를 쑤셔 대기 시작했다.

"그 옛날 거시기, 그 여자 이름이 뭐였지? 세실리아 땅콩인가 뭔가, 아직도 사진 가지고 있는 거 다 알아. 그 여자랑 결혼하지 왜 나랑 해서 이 고생을 시키는 거야? 그 땅콩 사진 다시 찾으면 다 찢어 버릴 거야.”

내가 이렇게 나오면 그는 얼굴이 새빨개져서 입을 다물어 버린다.

과연 우리는 땅을 찾을 수나 있을지, 그날이 언제일지, 그 인연은 어디에 꼭꼭 숨어서 이렇게 애를 태우는 것일까. 빨리 나오너라, 오버.

꿈에 그리던 땅,
이곳을 밀림으로 만들리라

이윽고 땅을 샀다. 첫눈에 마음에 들었던, 그 첫사랑 땅을 다시 찾아왔다. 적당한 곳을 찾기 어려웠다. 과일 농사가 잘되는 볕이 좋은 곳이면서 법적으로 양조장을 지을 수 있는 지목을 동시에 만족시켜 주는 땅이 나오지 않았다. 결국 작약밭을 다시 찾아갔다. 일년 뒤 작약을 뽑아 주겠다는 약속만 지키면 문제가 없었다. 설마 뽑아 주시겠지! 레돔이 평생 일해서 번 돈을 다 끌어다 넣고 땅을 계약하고 나자, 우리는 비로소 꿈을 꿀 수 있게 되었다. 하루라도 빨리 나무를 심고 싶었지만 기다려야 했다. 그래도 '우리 땅'을 가지게 되자 심리적으로 안정이 되고 꿈을 꾸기 시작했다.

땅속에 53도의 뜨거운 물이 흐르는 충주 수안보면 한 모퉁이. 그동안 수없이 이곳을 다녔지만 그때는 남의 땅이었다. 모가 심긴 푸른 들에 바람이 불어 잔물결이 일어도 별 감흥이 없었다. 나비, 제비가 깝죽거려도 맨드라미, 들마꽃에게 인사를 하고 싶은 생각이 없었다. 봄이 와도 우리에겐 봄이 아니었다. 그러나 이제는 우리 땅, 온몸에 풋내를 띠고 푸른 웃음 띠며 이상화 시인의 시를 노래하며 봄 신령에 잡힌 듯 어깨춤을 추며 걸어간다. 착한 도랑을 따라 난 밭고랑에 앉아 호미질하는 할머니를 정겹게 보며 말을 붙인다.

"할머니 뭘 심고 계신 거죠? 아, 감자요. 옥수수도 심을 거라고요? 이건 언제 먹을 수 있죠? 우리는 저 언덕에 포도나무를 심을 거예요. 땅이 척박하고 빛이 종일 들어오니 포도나무, 사과나무에 꼭 좋은 땅이에요. 맨 먼저 우물부터 팔 거예요. 그래야 갓 심은 나무들에게 물을 흠뻑 줄 수 있으니까요. 나무는 첫 삼 년 동안 제일 목마르잖아요."

열일곱 고운 나이에 시집와서 평생 이곳에서 호미질하다 보니 온 얼굴에 밭고랑 같은 주름이 잡힌 할머니는 우리가 아직도 젊다고 생각하신다. 아직 젊으니까 무엇을 해도 된다고, 마을에 젊은이가 와서 좋다고 웃으신다. 우리는 둘 다 중년이지만 이 동네에서는 젊은이가 되어 버렸다. 이제 우리도 이곳에서 늙어 가겠지. 야트막한 포도밭 언덕의 노인이 되겠지.

"집을 지을 때는 지붕의 물을 받아 재활용할 수 있는 방법을 생각해야 해. 마당엔 물이 고인 작은 웅덩이를 만들 생각이야. 날아가던 새들이 와서 쉬면서 물을 마시고 벌들도 와서 물을 마실 거야.

여기서 가장 중요한 건 그 웅덩이에 두꺼비와 개구리가 살도록 하는 거지. 그래야 모기와 날아다니는 잡벌레들을 다 잡아먹을 테니까.”

작은 땅이 생기자 그는 벌과 나비가 윙윙대고 새들이 지저귀는, 젖과 꿀이 흐르는 낙원으로 만들 꿈으로 부풀었다. 양조장 일을 끝내고 저녁을 먹고 나면 밤이 깊도록 책을 본다. 그동안 양조와 농업에 관해 독파한 모든 책을 쌓아 놓고 필요한 부분들을 체크한다. 어떻게 하면 작은 땅을 가장 효율적으로 활용할지, 어떻게 하면 가장 건강한 땅을 만들지, 어떻게 하면 자연 에너지를 잘 활용한 건축법일지……. 레돔의 머리카락이 언제 저렇게 희끗해졌을까. 그는 청년의 기백으로 공부를 하는데 내 눈엔 자꾸 그의 흰 머리카락이 보인다.

“뭔가 하나를 하면 두 개 이상의 효과를 가져오는 것이 가장 좋아. 그러니까 포도밭에 닭을 푼다고 생각해 봐. 첫째는 닭이 잡초를 뜯어 먹지. 둘째는 벌레를 잡아먹어. 셋째는 알을 낳아 주지. 넷째는 흙을 쪼아 주지. 다섯째는 닭똥이라는 거름을 주지. 여섯째는 고기를 먹게 해주지. 닭 하나에 여섯 개의 효과가 나오는 거야. 이 땅에다 무엇인가를 할 때는 항상 그런 효과를 생각하면서 해야 할 거야.”

사람들은 레돔이 말이 없는 남자라고 생각하지만 자기가 좋아하는 이야기가 나올 때는 막을 수가 없다. 닭이 똥을 싸며 꼬꼬댁거리고 개구리와 두꺼비가 긴 혓바닥을 날름거리며 모기를 잡아먹는 풍경을 생각하니 이건 집이 아니고 작은 밀림이 되는 건 아닌지 걱정이 된다.

　　　　　　　인생이 내추럴해지는 방법

"바로 그거야. 숲 정원을 만드는 거야. 산에 가면 작은 나무부터 큰 나무까지 하모니를 이루어 잘 자라고 있잖아. 우리 밭도 그렇게 만들어야 해. 큰 나무들이 있고 그 사이에 중간 크기의 나무, 나무를 타고 오르는 넝쿨식물들, 맨 아래에는 작은 열매들이 열리는 나무, 바닥에는 딸기 같은 것들, 허브와 같은 한해살이풀과 꽃을 심는 거지. 그러면 밭은 숲처럼 자연스러운 밸런스를 가지게 되거든."

그의 꿈은 아주 자유롭게 훨훨 날아다녔다. 그 모든 것이 실현 가능한지 어떤지는 중요하지 않았다. 남자의 행복한 꿈에 초를 뿌리고 싶지 않아서 나는 아무 말도 하지 않았지만 걱정이 태산이었다. 멋지게 짓겠다는 양조장 건축은 누구 돈으로 할 건데? 숲과 같은 정원, 작은 우주와 같은 포도밭은 누가 다 일궈 나갈 건데? 당신 도대체 몇 살까지 살아야 그것들을 다 실현할 수 있을지 생각해 봤어? 내가 아무 말도 하지 않자 그는 앞으로의 내 꿈을 묻는다.

"내 꿈은 뭐…… '남의 집 남자'가 부지런히 일궈 놓은 숲과 같은 포도밭을 산책한 뒤 고집 센 '남의 집 남자'가 만들어 놓은 내추럴 와인을 한잔 마시는 건데……."

이제는 다 글러 버린 꿈이다. 돈을 왕창 넣어 땅을 샀다. 아직 일은 시작도 하지 않았고 가야 할 길은 까마득한 천 리 길이다. 이 땅은 이제 우리의 땀을 받아먹고 싹을 틔우고 나날이 푸름을 더해 갈 것이다. 그 보답으로 우리에게 흰 머리카락과 깊은 주름을 돌려줄 것이다. 땅은 그런 것이다.

땅과 함께
꿈꾸기 시작하다

"깊은 숲속 나무 위에 나만의 작은 집을 짓고 싶어요. 인생이 공격수와 같은 거라면 그 집은 타임아웃 같은 거죠. 작은 발코니에서 새들의 노랫소리를 듣고 침실에 누워서도 하늘을 볼 수 있는 창을 내어 주세요. 작은 건식 사우나가 있고 샤워는 숲의 바람을 느끼며 바깥에서 할 수 있으면 좋겠어요. 나무 꼭대기에서 바닥으로 바로 내려가는 미끄럼틀도 하나 만들어 주세요. 숲에서 노는 아이가 되고 싶어요."

요즘 디스커버리 채널 〈이거 어떻게 만들래요?〉라는 숲속 집짓기 프로그램을 자주 본다. 사람들이 자기가 원하는 스타일의 집을 말하면 건축가가 모든 것을 알아서 해주는 프로그램이다. 숲속에 가서 나무를 보고 구상한 뒤 최적화된 기술자를 부른다. 뚝딱뚝딱,

스윽스윽, 드르릉. 이런 소리들이 울려 퍼지는가 하면 어느새 나무 위에 마법처럼 작고 아름다운 집이 완성된다. 건축주와 시공사 간의 분쟁이나 갈등은 없다.

"집 짓고 나면 다들 10년은 늙는대. 암 걸려 죽는 사람도 많다고 들었어. 시공사들이 돈 다 빼먹고 날아 버리는 경우가 허다하단다. 돈도 생각보다 몇 배는 더 들고 다 지어 놓고 보면 처음 계획과는 완전히 다른 집이 나온대. 너 이제 진짜 큰일 났다. 우짤래?"

도대체 땅은 언제 살 거냐고 묻던 친구들이 이제는 언제 어떻게 집을 지을 거냐고, 그 큰일을 감당할 수 있겠느냐고 걱정한다. 사실 나도 걱정이다. 레돔은 숲 같은 포도밭 만들어 놓고 깨꼬닥, 나는 양조장 지어 놓고 깨꼬닥 죽는다. 최악의 깨꼬닥 시나리오를 상상하며 밤새 뒤척이지만 레돔은 무심하다. 프랑스 와이너리 건축에 관한 책을 쌓아 놓고 흥미진진하게 탐독하기 시작했다.

"한 마을에 양조장이 있다는 건 굉장히 매력적인 거야. 따뜻한 불씨를 가진 것과 같을 거야. 거기서 나온 한 병의 술은 그 마을의 모든 것을 봉인한 것과 같은 거지. 그 마을 언덕 땅의 성질을 이야기하는 것이고, 포도가 자란 날들의 햇빛과 바람, 농부의 땀과 손길, 그에게 건넨 마을 사람들의 인사와 개 짖는 소리, 그 모든 것이 들어 있어. 신기한 건 와인이 익어 갈수록 포도가 익어 가던 때의 특징들이 더 깊어 간다는 거지. 이런 이야기를 하니까 조제프의 와이너리가 생각난다. 마을에 들어서는 순간 느껴지는 그 특유의 분위기, 냄새가 있잖아. 기억나?"

조제프는 큰누나 동네에 와이너리를 가진 레돔의 친구다. 지금쯤 마을을 둘러싼 포도밭은 구불구불한 연둣빛 선으로 펼쳐져 있을 것이다. 그곳은 포도와 함께 세월이 가는 와인 마을이다. 포도밭 언덕은 사계절 다른 색깔로 물들고 사계절 다른 냄새가 난다. 여름이면 온 동네 사람들이 함께 포도를 딴다. 우리의 품앗이와 같다. 갓 딴 포도를 트랙터에 싣고 가 발효탱크에 붓고 맨발로 짓이기는 일들이 몇 날이고 계속된다.

가을이면 포도밭 언덕은 황금빛으로 물든다. 자전거를 타고 언덕을 달리는 사람들은 발효탱크에서 은근하게 흘러나오는 술 익는 냄새에 코를 찡긋찡긋한다. 조제프는 하루에도 몇 번씩 와인을 맛보느라 코가 빨갛게 되어 있다. 포도밭에 눈이 덮이는 겨울이면 발효탱크 속 와인은 안정기에 접어들고 모두에게 가장 편안할 때다. 압력솥에 훈제 돼지 넓적다리를 푹 삶아 화이트와인을 곁들여 먹는 계절이다. 부드러운 훈제 돼지고기를 입에 넣은 뒤 알자스 화이트와인을 한 모금 마시면 그 향기로움에 취해 겨울이 어떻게 가는지도 모른다.

포도밭에 쌓인 눈이 녹으면 사람들은 포도나무 가지치기를 한다. 새로운 포도가 열릴 것이고 전년과는 또 다른 맛의 와인 농사가 시작된 것이다. 레돔은 인생에서 가장 행복할 때가 포도나무 가지치기를 할 때라고 한다. 양털 귀마개를 하고 두꺼운 양말에 보온 장

레옹은 양털 귀마개를 하고 두꺼운 양말에 보온 장화를 신고
포도나무 가지치기를 할 때가 가장 행복하다고 한다.
인생의 순수한 즐거움을 누리는 한때다.

화를 신고 포도밭에 가면 종일 일해도 지겨운 줄 모른다. 싹둑싹둑 나뭇가지 잘리는 소리를 들으며, 이른 봄의 차가운 바람을 느끼며 인생의 순수한 즐거움을 누리는 한때다.

"바닥은 돌을 깔고 벽은 짚으로 가득 채워 보온을 하면 좋겠지. 지붕을 흙으로 덮으면 열 노출을 막고 저절로 온도 조절이 될 거야. 동굴과 같은 효과를 보는 거지. 포도나무는 양조장 뒤쪽 언덕을 따라 심으면 종일 해가 비치니 걱정 없어."

우리 땅이 생긴 뒤 우리는 꾼 꿈을 또 꾸고 또 꾼다. 설레는 꿈이 끝없이 쌓여만 간다. 꿈은 이루어진다? 어떤 것도 이루어지지 않을 수 있고 모든 것이 이루어질 수도 있을 것이다. 그는 모든 것이 이루어진다고 생각한다. 나는 이루어지지 않아도 상관없다고 생각한다. 결과는 아무도 모른다. 한편의 스릴러 영화를 이제 막 시작한 느낌이다. 땅이라는 이 두근거리는 예고편이 어떤 결과로 이어질지 궁금하기도 하지만 두려움과 걱정이 나날이 깊어 간다.

인생이 내추럴해지는 방법

작은 알자스
레돔 테루아

　땅을 산 지 일 년이 지났을 때 이윽고 작약을 모두 뽑았다는 소식이 날아왔다. 부리나케 달려가니 텅 빈 땅이 우리를 맞이한다. 두근거리는 첫 만남, 진짜 만남이었다. 올해도 작약을 뽑지 않으면 어떻게 하나, 마음 졸였는데 어느새 뽑아 주셨다. 우리 애를 많이 태웠지만 빈 땅으로 돌려주시니 너무 고마웠다. 이제야 온전한 우리 땅이 된 것이다. 레돔은 영역을 표시하는 동물처럼 땅의 경계선을 바쁘게 돌아다닌다. 숲속에서 꿩 두 마리가 후드득 날아가고 뒤이어 새끼 고라니가 놀라서 달아난다.

　"땅이 너무 심하게 파헤쳐졌다. 이렇게 벌거숭이로 두면 안 돼. 땅속의 벌레와 박테리아 들이 다 죽겠다. 이 상태에서 비라도 오면 땅이 딱 붙어 버리고 시멘트처럼 딱딱해질 거야. 그 전에 무언가를 심어 땅이 숨을 쉴 수 있도록 해야 해. 흙이 쓸려 내려가지 않도록 씨앗을 뿌리고 짚으로 덮어 줘야겠어."

레돔은 작약이 뽑혀 나가 벌거벗은 땅에게 어서 빨리 초록의 풀 이불을 덮어 주고 싶어 한다. 여기저기 포클레인에 파헤쳐진 땅을 둘러보며 다친 아이를 보듯 안타까워한다. 보슬거리는 흙더미를 볼 때면 다정한 손길로 만져 보고 비벼 본다. 돌들을 부수어 그 결을 보고 냄새를 맡아 본다. 야트막하게 언덕진 이곳은 편암 돌들이 섞인 검은색 흙이다. 커다란 바위산이 밭 한가운데를 차지하고 있고, 나무라고는 비틀거리는 자두나무 한 그루가 전부다. 앞으로 우리는 이 나무를 아주 끔찍하게 사랑해 줄 작정이다. 포도밭 한가운데 선 세상에서 가장 행복한 나무가 되도록 할 것이다.

"이 편암 돌들은 미네랄을 듬뿍 가지고 있어 포도나무엔 최적이야. 검은 흙은 낮 동안 햇빛을 흡수해서 밤이면 이불을 덮은 것처럼 따뜻하게 뿌리를 데워 줘서 과일을 달콤하게 익어 가게 할 거야. 바로 앞에 뜨거운 온천수가 흐르는 땅이니 여기서 자란 포도의 맛은 그 어떤 곳과도 다를 거야. 독특한 '작은 알자스 레돔 테루아' 와인을 기대해도 좋아."

비로소 자기 소유의 땅을 가지게 되자 레돔은 와인에 대한 생각으로 가득하다. 테루아는 프랑스 말로 '땅'이라는 뜻인데, 와인이 온 땅을 가리킬 때 흔히 쓰는 말이다. 한 잔의 와인을 마신다는 것은 한 움큼의 땅을 마시는 것과 같다. 와인 맛이 다른 것은 땅이 다르기 때문이고, 땅이 다른 것은 지역마다 환경이 다르기 때문이다. 와인이 포도의 출신지에 따라 다른 맛을 낸다는 것은 신비롭다. 세상의 모든 와인이 같은 맛을 낸다면 인생이 참 지겨울 것이다. 지역마다 다른 땅이 있고 당연히 다른 술이 있고 다른 음식이 있고 다른 문화가 있다. 그래서 우리는 각기 다른 추억을 가진 풍요로운 인간이 될 수 있는 것이다.

"그러니까 이 언덕에서 난 포도로 담근 와인은 수안보 중에서도 수회리, 수회리 중에서도 480번지 레돔의 집 테루아가 된다는 거야. 이 빈 언덕이 어떤 모습의 포도밭이 될지, 어떤 맛의 포도가 나올지, 어떤 맛의 와인이 나올지 정말 궁금하네."

빈 땅은 아무것도 쓰이지 않은 백지와도 같다. 이제 이곳에 줄을 치고, 줄을 따라 골을 만들고, 골을 따라 나무를 심고, 그 끝에 나무 기둥을 세우고 철사를 엮어 포도나무 줄기가 타고 올라갈 수 있도록 할 것이다. 언젠가 포도 열매가 열릴 것이고 그것으로 술을 담글 것이다. 미래의 포도나무를 꿈꾸는 동안은 좋았지만 현실로 돌아오니 해야 할 일이 태산이다. 며칠 사이 땅은 딱딱하게 굳어 가고 있다. 가장 먼저 땅을 부드럽게 일구는 일부터 시작해야 한다. 농기계를 빌려야 하고, 그러기 위해서는 농협에 가서 농업인 안전보험을 들어야 하고, 그러기 위해서는 농업경영체 등록도 해야 한다.

"그런데 호밀이랑 보리 씨앗은 왜 이렇게 안 오는 거지? 하루가 다르게 땅이 굳어 가는데!"

빈 땅 앞에서도 저리 걱정이 많은데 나무를 심고 나면 밤낮으로 또 얼마나 근심 걱정이 많을까. 이윽고 보리와 호밀 씨앗이 도착하자 그는 한가득 탐스럽게 쥐어 본다. 이 작은 씨앗들이 빈 땅을 푸르게 덮어 따뜻하게 하고 그 아래는 미생물들이 풍성하게 살아, 내년 봄에 심길 나무뿌리들을 부드럽게 간지럽힐 것이다. 우리는 흙이라는 백지 위에 이렇게 써본다.

　"작은 알자스 레돔 테루아, 이제 시작이다."

제2장

우주와 같은 작은 숲,
과일밭을 꿈꾸다

그의 꿈은 숲과 같은 과일밭을 만든다는 것이었다.
한 가지 품종만 자라는 과일밭이 아닌,
온갖 다양한 나무와 풀 들이 어울려 나무끼리 모자라는 것을
서로 주고받는 작은 우주와 같은 과일밭을 만드는 것이었다.

농부,
별을 노래하는 이

사전에서 농부는 "농사짓는 일을 직업으로 하는 사람"이라고 정의하지만 농부農夫의 한자를 풀이하면 '별을 노래하는 사람'이라는 뜻이 된다. 별을 노래하는 사람이 농부라니 누가 만든 글자인지 정말 마음에 드는 아름다운 풀이다. 그런데 사실이 그렇다. 농부는 땅속의 작은 미생물부터 하늘의 신호까지 알아내고 그 뜻에 따라 땅을 일구는 사람이다. 그냥 아무 때나 괭이 들고 나가서 땅 파는 사람이 아니라는 말이다.

"이 땅을 살리려면 땅속에서 6개월 삭힌 유기농 소똥이 필요해."

한국에 와서 처음으로 농사를 짓기 시작한 사과밭을 둘러본 뒤 레돔이 이렇게 말했다. 누구든 농사만 짓겠다면 거저 준다고 해서 보일러 고치러 온 할아버지 소개로 우리에게 넘어온 밭이었다. 사과밭을 보러 갔을 때는 겨울이었다. 잎이 없어 땅과 나무의 상태를 살피기에 좋았다. 너무 늙었거나 병이 들었거나 비틀린 나무, 죽어 가는 중이거나 이미 죽어 버린 나무. 대부분 상태가 좋지 않았다. 땅은 사막화되어 가고 있었다. 그래도 좋은 것이 있다면 햇빛이었다.

"저 위에 소 농장 있던데 거기 바닥에 똥이 수두룩하게 퍼져 있더라."

"그런 거 말고 신선한 풀을 먹고 자란 소가 눈 유기농 똥이 필요해."

"똥에도 유기농이 있나?"

나 어린 시절에는 골목길에 소똥이 수두룩했다. 소들은 아침에 나갈 때 똥을 쌌고 종일 꼴을 뜯은 뒤 저녁에 돌아올 때도 똥을 쌌다. 그런 소똥이라면 모두 유기농 소똥일 텐데 요즘 세상에 어디서 그런 것을 찾는단 말인가. 퇴비 공장에 전화를 하니 닭똥도 아주 좋다는 답만 돌아온다. 그런데 사람똥이나 개똥, 닭똥, 돼지똥, 이 많은 똥 중에 왜 꼭 소똥이어야 하는지 모르겠다.

"사람은 섭취한 음식을 거의 다 흡수해 버린 뒤 바로 똥으로 나오기 때문에 별로 써먹을 양분이 없어. 닭이나 돼지의 똥은 질소가 너무 많이 함유되어 있어 토양을 오염시켜. 소똥이 좋은 건 풀만 먹기 때문이지. 무엇보다 되새김질을 한 음식물이 길고 긴 소의 장을 통과하는 동안 좋은 미생물들이 잔뜩 붙어서 나온다 말이야. 똥 중에서 최고의 똥이라고 할 수 있지. 잘 삭힌 소똥을 물에 풀어 밭에 뿌리면 땅이 힘을 받아 나무에게 좋은 에너지를 줄 수 있어."

이런 말을 듣고는 소똥을 찾아내지 않을 수 없었다. '소똥 찾아 삼 만 리'가 시작된 것이다.

"혹시 소똥 구할 데 있을까요? 아니, 그냥 소똥은 안 되고 유기농 풀을 먹고 자란 소의 똥이 필요해요."

"소똥은 어데 쓰려고?"

"증폭제 만드는 데 쓰려고요."

"증폭제는 또 뭐꼬?"

"생명역동농법에서 땅의 기운을 살리는 데 필요한 건데요……."

"야가 무슨 씨나락 까묵는 소리를 해쌌노."

소똥 구하기는 우여곡절이 많았지만 포천 평화나무농장을 알게 되면서 해결되었다. 놀랍게도 그곳의 두 분은 오래전부터 우리와 같은 생명역동농법으로 농사를 짓고 계셨다.

"그런데 소똥 좀 주세요, 한다고 툭 하고 소똥이 나오는 게 아니에요. 소들이 똥을 누면 밟고 다녀서 바닥에 깔린 짚이랑 섞여 버리거든요. 우리 남편이 아침 일찍 양동이를 들고 소 궁둥이를 따라다녀야 해요. 똥을 누면 잽싸게 양동이에 퍼 담아야 하고요. 바쁜 농사철에 일부러 시간을 내서 해야 되는 일이랍니다."

얼굴도 모르는 웬 여자가 무작정 소똥 달라고 매달리니 농장 안주인은 이렇게 말했다.

"그래도 좀 주시면 안 될까요? 죄송하지만 좀 주세요. 꼭 필요합니다!"

이렇게 해서 평화나무농장과의 인연이 시작되었다. 우리는 한달음에 평화나무농장으로 달려갔다. 양동이를 들고 소 궁둥이를 따라다녀야 하나 했는데 김준권 선생님께서 새벽에 소똥을 몇 양동이나 받아 놓으셨다. 우리는 갓 나온 신선한 소똥과 몇 년 삭힌 소똥은 물론 현무암 가루도 몇 포대나 얻어서 트렁크 가득 싣고 돌아왔다. 농사를 짓는 데에도 동지가 필요하다. 특히 생명역동농법으로 농사짓는 사람들은 일 년에 두 번 모여서 농사에 꼭 필요한 증폭제를 만들어 다음 해에 나눈다. '생명역동농법' 하면 사람들은 '생명…… 뭐, 뭐라고?' 하는 표정이 된다.

프랑스에 사는 동안 레돔은 생명역동농법 농부들의 정기 모임에 나갔지만 나는 별 관심이 없었다. 그 모임에 함께 가본 적도 없었다. 한국에 온 뒤 그가 요구하는 알 수 없는 것들을 구하러 다니면서 조금씩 알게 되었다. 화산석 가루나 백토, 붉은 미역 가루나 조개껍질 가루, 수정 돌가루나 치즈 만들고 버리는 맑은 우유나 말똥, 톱밥이나 돼지털…….

'도대체 왜 이런 농법으로 농사를 짓는 거니? 유럽에서는 대중적인지 모르겠지만 한국에서는 구하기가 너무 어려워!'

그런 것들을 구해 달라고 하면 나는 외계어가 쓰인 쪽지를 들고 우주를 빙빙 돌고 있는 기분이 들었다. 그가 옳거니 하고 '우주'라는 말을 받아 대꾸한다.

"생명역동농법은 우주의 기운으로 농사를 짓는다고 생각하면 돼. 저 하늘의 수많은 별이 우르르 쏟아지지 않고 조화롭게 돌아가는 것은 서로가 강하게 밀고 당기는 힘이 있기 때문이야. 모든 행성은 서로에게 강한 영향을 주고받아. 달의 움직임에 따라 바닷물이 밀물과 썰물이 되어 움직이는 것을 생각해 봐. 지구는 가장 가까운 달의 움직임에 따라 굉장한 반응을 한다는 것을 알 수 있잖아. 나무들도 마찬가지야. 인간은 잘 느끼지 못하지만 움직일 수 없는 식물들은 인간보다 더 예민하게 우주 행성의 움직임에 반응을 해.”

이렇게 별의 움직임에 따라 식물들이 각기 다르게 영향받는다는 사실을 근거로 만든 별자리 달력에 따라 농사를 짓는 것이 생명역동농법이다. 꽃식물이나 잎식물·뿌리식물·열매식물, 이렇게 특징이 다른 식물들은 자기에게 좋은 기운이 있는 날에는 활짝 생명을 펼치지만, 회색의 날에는 조용히 웅크리고 움직이지 않는다고 한다. 레돔은 나무를 옮기거나 씨를 뿌릴 때 항상 이 달력을 펴놓고 언제가 열매에게 좋은 날인지 체크하고 일을 시작한다. 그래도 무슨 말인지 모르겠다고 하면 레돔은 늘 이렇게 말한다.

“우주를 바탕으로 농사짓는 이 농법의 모든 것을 설명할 순 없지만, 가장 중요한 것은 농부는 나무만 키우는 것이 아니라 땅도 함께 키운다는 거야.”

어찌 되었거나 밤하늘의 별을 봐서 나쁠 건 없다. 소똥도 구했으니 이제 하늘의 별이나 헤아려야겠다. 별 하나에 지렁이, 별 하나에 사과, 별 하나에 포도, 별 하나에 소똥……. 별 하나에 아름다운 말 하나씩 부르며 모든 죽어 가는 것을 사랑하는 이는 시인뿐만 아니라 농부도 있다.

인생이 내추럴해지는 방법

'어린 왕자의 소행성'을 닮은
거름 더미

"음, 오늘은 좋군. 수박 껍질, 옥수수대, 커피 찌꺼기……. 아주 좋아."

레돔이 플라스틱 양동이 안에 든 음식물 찌꺼기들을 살펴보며 만족해한다. 아침이면 그는 가장 먼저 마당 한편에 있는 거름 더미에 전날의 음식물 찌꺼기를 버리고 토닥거리는 것으로 일을 시작한다.

"음식물 찌꺼기를 버리고 그냥 가지 말고, 그 위에 마른 나뭇잎이나 짚을 꼭 덮어 줘. 젖은 음식물만 버리면 엉겨 붙어서 썩어 버리니까 사이사이 마른풀이랑 낙엽을 얹어 주면 좋아. 그래야 음식물 속으로 공기가 잘 통해서 좋은 미생물이 살 수 있거든."

그는 늘 이런 부탁을 하지만 나는 새겨듣지 않는다. 사실 그쪽은 근처도 가지 않는다. 보기만 해도 기분이 좋지 않다. 음식물 찌꺼기

통을 내놓으면 들고 가서 버리는 건 그의 몫이다. 그런데 가끔 내가 가야 할 일이 생기고 만다.

"엄마야, 이것들이 다 뭐야!"

거름 더미 앞에 가면 온갖 얄궂은 벌레들이 와글거리고 있어 지진이라도 난 것 같다.

"장화를 신었기에 망정이지. 나뭇잎과 흙을 꼭 덮으라고 했던가……."

나는 음식물 찌꺼기를 버리고 갈고리를 들어 후다닥 주변의 흙과 짚을 끌어모은다. 순간 뱀처럼 통통한 지렁이가 꿈틀대며 나온다. 뒤이어 작은 벌레들이 도망가고 굼벵이 같은 벌레들이 후두둑 떨어져 내린다.

'아, 이놈들이 고기를 먹어 치운다는 바로 그 굼벵이들이군.'

그저께 버린 닭뼈가 하나도 없는 걸 보니 이놈들이 다 먹었나 보다. 신기하게도 멀리서 봤을 때는 지저분한 똥 더미처럼 보였는데 가까이에서 보니 꽤 흥미로웠다. 이 똥마을, 생각보다 재미있는걸! 내가 거름 더미에 흥미를 보이자 레돔은 흐뭇한 표정이 되어 이야기를 시작한다.

"이 거름 더미 입주자들 사이에 무슨 일이 벌어지고 있는지 정확히는 모르겠지만 나름대로 삶의 하모니를 이루고 사는 동네인 것 같아. 처음엔 그냥 음식물 찌꺼기에 나뭇잎 더미일 뿐이었어. 그런데 어떤 벌레가 생겨. 그러면 다른 벌레가 오고, 그 벌레를 보고 또 다른 벌레가 오고, 또 다른 놈이 오고……. 서로 잡아먹고 먹히면서 똥을 싸고, 그 똥을 먹는 박테리아 수억 마리가 거기에 붙어 번식을 하면서 결국엔 미네랄이 넘치는 기름진 동네로 만들어 가는 거지. 모두가 모두에게 필요한 존재가 되는 거야.”

그는 거름 더미를 어린 왕자의 소행성 612처럼 이야기한다. 그런 이야기를 들으면 나는 그 별의 입주자들에 대한 상상을 하게 된다. 와싹와싹, 뽀작뽀작, 그런 소리를 내면서 음식물을 먹고 붕붕 방귀를 뀌어 대는 입주자들. 방귀를 뀔 때마다 소행성이 폭발음을 내며 흔들릴 것이고, 지렁이는 1초에 1센티미터씩 키가 자라고 새들이 얼씨구나 날아와 지렁이와 굼벵이를 잡아채 하늘 멀리 날아갈 것이다.

“이런 고기나 빵, 인스턴트 음식물 찌꺼기는 별로 좋지 않아. 어, 이것 봐라. 퇴비 더미에 곰팡이 고깔꽃이 피었네. 퇴비 속 선균들이 실처럼 이어져 있을 때 이런 곰팡이꽃이 피는데, 지금 딱딱한 나무들을 분해하는 중이라는 뜻이야.”

그는 내가 버리는 음식물 찌꺼기를 사감처럼 검사하고 잔소리를 한다. 질소와 탄소의 비율에 대해 이야기하고 거기에 피어난 버섯과 이상한 풀들에 대해서도 연구한다. 그래 봤자 똥 더미일 뿐인데 뭘 그렇게 까다롭게 구는지 모르겠다고 투덜거리지만 나는 왠지 점점 빠져들기 시작한다. 밤이 되어 누우면 소행성 입주자들은 무엇을 하고 있을까 궁금해하는 나를 발견하다. 아침이 되면 음식물 찌꺼기를 챙겨 장화를 신고 갈고리를 들고 퇴비 더미로 가서 주변의 잎들을 쓸어 모아 다독거리며 신선한 바람을 넣어 주는 일에 빠져들었다. 축축한 음식물도 여기에 들어가면 하루 만에 파삭파삭해진다.

'벌레인지 박테리아인지 너희들 참 잘도 먹는구나!'

인구 유입이 나날이 10퍼센트대로 늘어나는 인기 절찬 소행성이다.

"이렇게 마른 잎을 덮어 주니 쾌적하고 좋지? 자, 먹고 미네랄이 듬뿍 든 거름을 만들어 줘, 알았지?"

벌레들이 내 말을 듣고 열심히 일하고 있으니 그들의 사장님이 된 것처럼 뿌듯해진다. 마당이 있는 사람이라면 음식물 찌꺼기 소행성을 만들어 보라고 권하고 싶다. 거름 더미 속 벌레 키우는 재미가 개나 고양이보다 훨씬 즐겁다면 믿을지 모르겠다.

농약 먹지 않은 또록또록 반짝이는
씨앗을 찾아 줘

"토끼풀 씨앗 20킬로그램이 필요해."

사과밭을 임대했을 때 그가 맨 먼저 한 일은 토끼풀 씨앗 구하기였다. 사막화해 가는 땅에 토끼풀을 자라게 해서 맨땅이 드러나지 않게 촉촉하게 해주어야 한다는 것이다. 그런데 임대한 남의 땅에 이렇게 정성을 쏟을 필요가 있나? 그의 정성이 쓸데없이 느껴져 씨앗 구하기가 싫었지만 그 고집을 꺾을 수 없다. 땅에 관해서 그는 남의 것, 내 것을 생각하지 않는다.

남의 밭이라도 지나가다가 제초제가 뿌려져 누렇게 타버린 풀들을 보면 얼굴이 뻘게져서 화를 내는 사람이다. 빨갛게 드러난 맨땅을 봐도 화를 낸다. 비닐에 꽁꽁 싸인 땅을 봐도 화를 낸다. 무거운 트랙터로 땅을 갈면 가던 길을 멈추고 서서 본다. 몇 번 왔다 갔다 하는지 센다. 네 번, 다섯 번, 여섯 번까지 왔다 갔다 하며 엎으면 화를 내기 시작한다. 꼭 갈아엎어야 한다면 두 번만 왔다 갔다 하면 될 텐데 저렇게 깨끗이 갈 필요가 있느냐는 것이다. 트랙터가 한 번 갈 때마다 그 무게에 짓눌려 땅속 박테리아들 다 죽는다고 난리다.

"그렇게 남의 일이 걱정이면 농림부 장관이 되어서 제도를 고쳐 보든지!"

나는 그가 남의 농사일에 이러쿵저러쿵하는 것이 듣기 싫어 벌컥 화를 낸다. 내 반응에 그는 더 심하게 화를 내고, 나는 또 그의 반응에 더욱 화를 낸다. 자기 마누라도 아닌 박테리아들이 무거운 트랙터에 짓눌려 죽는다고 화를 내며 펄펄 뛰는 너는 정말 미친놈이다……. 이렇게 해서 남의 밭을 지나가다 그 앞에서 큰 소리로 말싸움을 하게 된다.

"그런데 이 토끼풀 씨앗 좀 이상한 것 같지 않아?"

구입한 토끼풀 씨앗 20킬로그램이 왔는데 씨앗 색깔이 이상하다고 한다. 토끼풀꽃으로 시계와 반지를 만들고 네잎클로버나 찾던 것이 전부인 나는 아무리 봐도 모르겠다. 토끼풀이 과일밭에 여러모로 쓰임새가 좋은 식물이라는 것도 이번에 알게 되었다. 레돔은 농사를 시작할 때 항상 토끼풀 씨부터 뿌려야 한다고 노래한다. 토끼풀은 줄기가 땅으로 기면서 퍼져 나가기 때문에 땅에 카펫을 덮은 것처럼 되어 다른 잡초들이 올라오는 것을 막을 수 있다. 공기 중의 질소를 빨아들이는 성질이 있어 땅을 비옥하게 하고 과일나무에게 영양분을 공급해 주는 귀한 식물이다. 그러나 레돔이 토끼풀을 사랑하는 가장 큰 이유는 꽃이다.

요란스럽지 않은 이 하얀 꽃은 사시사철 무리지어 풍성하게 피면서 꿀을 잔뜩 머금고 있다. 벌들이 언제 찾아가도 먹을 수 있는 마르지 않는 꿀을 한가득 준비하고 있기 때문이다. 그리스 신화에 벌들이 신을 찾아가 "먹을 수 없는 풀꽃들이 너무 많아요. 제우스 님, 좋은 꿀이 들어 있는 꽃을 쉽게 찾을 수 있게 해주세요!" 하고 간청했다는 이야기가 있다. 벌들의 부탁을 받은 제우스가 제시한 꽃이 바로 이 토끼풀이라고 한다. 그런데 우리 집 벌들은 농부에게 와서 이렇게 간청한다.

"꽃들이 예전 같지 않아요. 제발 농약 없는 토끼풀 꿀을 먹게 해주세요!"

"이 토끼풀 씨앗에 농약 처리가 된 것 같아. 색이 자연스럽지 않아. 좀 확인해 줄 수 있어? 농약 코팅 사항 표시가 없다니 이상하네. 판매자한테 전화해서 한번 물어봐 줄래? 씨앗에 농약 처리를 했는지."

아, 정말 귀찮은 남자라고 생각했지만 이 토끼풀 씨앗에 농약을 먹였느냐고 문의 전화를 걸 수밖에 없었다. 농약으로 코팅을 했다는 답이 돌아왔다. 요즘에는 씨앗 대부분을 그렇게 살균한다고 했다. 보관에 용이하고 파종한 뒤에도 새들이 파먹지 않으니 수확률이 좋고, 싹이 나서 자랄 때도 이미 농약으로 도포가 되어서 병충해에 강하다는 이유였다. 태어나기도 전에 농약에 뒤덮인 씨앗이라니.

씨앗 봉지는 바로 쓰레기통으로 직행했다.

"농약으로 코팅된 씨앗을 뿌린다고 무슨 문제야? 그렇게 한 데에는 다 이유가 있다잖아."

깐깐한 남자와 일하려니까 나는 몹시 피곤하다는 생각이 든다. 그는 코팅된 씨앗을 뿌렸을 때 벌레와 새 들이 달려들지 않는다는 것은 그만큼 치명적이라는 뜻이라고 했다. 예전 농약들은 그저 겉에만 묻어 있었지만 요즘은 싹이 나면 식물의 줄기와 잎에도 그대로 스며들 정도로 강해졌다고 한다. 꽃이나 열매에도 농약 성분이 그대로 들어 있어 벌이 그 꽃을 먹으면 죽는다는 것이다.

"사람들은 머리 위 하늘은 자주 보면서 '아, 하늘이 맑아서 참 좋아!' 감탄하며 즐거워하지. 그런데 좀 이상하지 않아? 하늘은 그토록 좋아하면서 왜 발밑의 땅에 대해서는 한마디도 하지 않는지 모르겠어. 하늘 보듯이 땅도 좀 보면 안 되나? '아, 땅이 포슬포슬 건강하고 귀여워서 너무 좋아!' 이런 말 좀 하면 안 돼?"

그는 건강한 꿀을 가득 머금은 싱싱한 토끼풀을 쓰다듬고 싶은 꿈이 어긋나자 기분이 좋지 않다. 콩을 뿌리면 한 알은 새가 먹고 한 알은 벌레가 먹고 한 알은 인간이 먹는다는 말은 옛날이야기다. 실제로는 콩을 뿌리면 싹이 나기도 전에 무섭게 새들이 와서 다 파먹어 버리기 때문에 농약 먹인 씨앗을 뿌릴 수밖에 없다고 한다. 결국 새도 건드리지 않고 땅속 벌레도 무서워서 도망가는 씨앗을 인간이 먹는다는 이야기다.

인생이 내추럴해지는 방법

꿀벌아,
우리 집에 온 걸 환영해

벌을 구해야겠다고 레돔이 말했다. 그가 뭔가를 '구해야겠는데' 하고 말하면 나는 괜히 심장이 벌렁거린다. 꿀도 아니고 벌을 사달라니, 그놈들을 어디 가서 구해 오란 말일까. 햄스터나 물고기를 파는 가게는 봤지만 벌을 파는 곳은 보지 못했다. 벌은 어떤 단위로 사는지도 모르겠다.

'벌 천 마리만 주세요? 벌 10킬로그램 주세요? 그걸 어떻게 들고 오지?'

꿀은 먹지만 그것을 만드는 존재에 대해 생각해 본 적은 없었다.

"저기…… 벌이 필요해서 그러는데 그건 어디 가서 사야 하는 거죠? 아니, 꿀 아니고 벌을 사려고요. 키우려고 하거든요……."

나는 이렇게 수소문을 시작했다.

"벌을 아무 데서나 사면 100퍼센트 병들어 비실거리는 것들, 너무 약한 것들을 팔아먹는단 말이야. 데리고 와서 한두 달 뒤면 싹 죽어 버려. 믿을 만한 곳에서 사야 해. 양봉쟁이 친구가 있는데 지금 지리산에 들어가서 한 달 뒤에나 나온다 하니 기다려 봐."

수소문 끝에 들은 답을 일렀더니 그는 당장 구해야 한다고 했다. 곧 아카시아꽃이 필 텐데 한두 달 뒷면 꽃이 다 져버려 개화 절정 시기를 놓치면 소용없다는 것이었다.

"벌 안 키우면 안 될까? 그 위험한 벌레가 꼭 필요해? 쏘이기라도 하면 어쩔래."

솔직히 나는 그가 필요한 것들을 찾아다니는 일에 좀 지쳤다. 와인을 만드는 데 필요한 기계들뿐만 아니라 농사에도 필요한 것이 너무 많았다. 더구나 일반 농기구상이나 농협마트에도 없는 것들만 찾아내라고 했다. 이상한 단어가 쓰인 종이를 쥐고 여기저기 찾아다니노라면 이글이글 타는 사막을 걸어가는 기분이 들곤 했다. 지치고 화가 났다. 어디에도 파는 곳이 없는 것들에 비하면 사실 벌은 그렇게 어려운 미션은 아니었다.

"벌은 정말 위협을 느끼지 않는 한 쏘지 않아. 침을 쓰는 순간 자기도 죽는데 그렇게 함부로 쏘겠어. 농장의 하모니를 위해 농사짓는 사람에게 벌은 기본인데……. 적어도 두 통 정도가 있으면 정말 좋은데……."

너무나 벌을 가지고 싶어 하는 농부의 간절함에 굴복되어 만나는 사람마다 벌을 구한다고 말했더니 어떤 친구의 사촌의 아버지의 형님이 벌을 친다는 소식을 가져왔다. 그에게 두 통을 구입하기로 했다. 우리는 트럭을 타고 남쪽 끝으로 갔다. 레돔은 벌들이 모두 벌통으로 귀가할 때까지 꼼짝 않고 기다렸다. 어둑어둑해져 마지막 한 마리 벌이 벌통에 들어갈 때까지 기다렸다.

"아이고 이 프랑스 남자 분 보통이 아니네. 야물다 야물어."

벌 치는 분은 레돔의 꼼꼼함과 인내심에 혀를 내두르며 알뜰하다고 감탄했다. 그분은 레돔이 마지막 한 마리 벌까지 거두어 가는 알뜰한 남자로 생각했겠지만, 꿀을 잔뜩 물고 집으로 돌아왔는데 집도 동료도 새끼도 모두 사라지고 저 혼자 남게 되면 그 벌이 얼마나 놀라겠느냐는 것이 그의 이유였다. 어느덧 어둠이 내리고 우리는 캄캄한 도로를 달려 사과밭으로 갔다. 그는 벌통을 안고 조심조심 점지해 둔 늙은 사과나무를 향해 갔다. 시간은 밤 열한 시였고 사과밭 올라가는 길은 좁고 가팔랐다. 벌통을 안고 엎어지기라도 하면 어쩌나 조마조마했다.

벌들 또한 이 수상쩍은 움직임을 느끼는지 붕붕 소리조차 없이 잠잠했다.

'인간들아, 우리를 대체 어디로 데리고 가느냐, 어쩔 심산이냐. 가만두지 않을 테다. 날이 밝으면 몽땅 도망가 버릴 테다. 꿀은 바라지도 마라.'

이런 말들을 속삭이고 있는지도 몰랐다. 레돔은 미리 준비해 둔 벽돌 위에 벌통을 놓고 벌들이 마실 깨끗한 물을 떠놓았다. 벌이 물을 마신다니 신기했다.

"여기도 괜찮단다. 아카시아꽃이 지천으로 피고 토끼풀꽃도 잔뜩 핀단다. 오늘 밤 잘 쉬고 내일 천천히 나오렴. 물도 마시고. 새로운 세상으로 이사 온 걸 환영해, 꿀벌들아."

농부는 벌통에다 대고 이렇게 말했다. 벌들이 프랑스 말을 알아먹을지는 모르겠지만 그는 진심을 다해 말했다. 벌들에게 모국어를 쓰며 사랑스러운 표정을 짓다니 왠지 가엾다. 나는 알자스 시댁에 갈 때마다 프랑스어 멀미를 했다. 한국어를 하지 못한 지 일주일이 지나면 내 영혼은 유체이탈이 되어 몸뚱이 위를 둥둥 떠다녔다. 그 영혼을 부여잡기 위해 시댁 앞에 흘러가는 시냇물을 보며 한국어 노래를 불렀다. 이제는 처지가 뒤바뀌었고 그에게 잘해 줘야 한다는 생각을 하지만 실천이 되지 않는 것이 문제다.

벌들의 이사는 성공적이었다. 아침이면 팽팽 소리 내며 벌통에서 나와 어딘가로 날아가 뒤뚱거리도록 꿀을 품고서 돌아왔다. 여왕벌은 엄청난 속도로 새끼를 쳤다. 농부는 손등에 벌이라도 앉으면 하염없이 들여다보며 "어쩜 이리도 귀여울까……" 하면서 긴 모국어 토킹을 시작했다. 벌들과의 모국어 대화라니, 그의 영혼은 별일 없는지, 그의 한국 생활이 어떤지 오늘 밤엔 꼭 물어봐야겠다고 생각하지만 매번 너무 피곤해서 그냥 자버린다.

말 안 통하는 두 고집쟁이,
프랑스 농부 대 한국 농부

"그럼, 마음대로 해도 돼. 밭 주고 난 뒤에 주인이 와서 뭐라 하면 안 되지. 우리는 절대 그런 거 간섭하는 사람 아니야."

사과밭을 임대해 줄 때 어르신이 이렇게 약조했다. 그때는 진심이었을 것이다. 문제는 어르신 집이 사과밭 코앞에 자리하고 있다는 것이었다. 간섭하고 싶지 않아도 오다가다 보면 우리가 사과밭에 무슨 짓을 하는지 다 보인다. 우리가 가면 늘 사과밭이 보이는 마루에 앉아 계신다.

"그런데 내가 그냥 궁금해서 그러는데 나무에 달린 저것들은 다 뭐지?"

어느 날 어르신이 사과나무에 달린 새집과 마른 지푸라기로 채운 통들을 가리키며 물었다. 사과밭을 얻은 뒤 레돔은 사과나무에 새집부터 달았다. 나무를 잘라 조그만 구멍을 뚫어 직접 만든 새집이었다. 어르신은 이해할 수 없었다. 과수원 하면서 지금까지 그는 새들을 쫓느라 별짓을 다 했다. 그런데 사과밭에 새를 부르는 미친 녀석이 나타난 것이다. 거기다 나뭇가지에 매달린 지푸라기로 꽉 채운 저 작은 통은 대체 뭔지…….

"박새 집이래요. 박새가 와서 이 집에 살면 나무에 붙은 해충을 하루에 자기 몸무게만큼 먹어 치운대요. 물론 사과도 좀 먹겠지만……. 그리고 저 지푸라기 통들은 땅에 사는 벌레들이 나무 위에 올라가 진드기 같은 걸 잡아먹고 다시 바닥까지 내려가지 말고 그냥 저 통에 들어가 쉬라고 달아 놓은 거예요. 그러니까 땅에 사는 벌레들이 나무 위에 친 베이스캠프 같은 거죠."

레돔에게 들은 말을 그대로 설명하자 어르신은 으흠 기침을 했다.

'살다 보니 별 괴상한 소리도 다 듣는군. 내 사과밭 30년 했지만 이런 짓은 평생 처음 본다. 앞으로 내 사과밭이 어찌 될지 정말 걱정이다.'

그런 표정이었다. 며칠 후에는 동네의 다른 어르신이 올라왔다. 레돔이 사과나무 둥치에 아르질argil 반죽을 칠하고 있을 때였다. 멀리서 가만히 보고 있더니 천천히 다가와서 한마디 했다.

"아니, 이 하얀 뼁끼는 뭔가. 나무에 이걸 왜 칠하는데?"

"뼁끼 아니고 백토인데요. 병든 나무에 칠하면 병이 깊어지지 않고, 해충이나 나쁜 것들이 상처 안으로 침범하지 못하게 한대요. 여

인생이 내추럴해지는 방법

기 이렇게 상처 난 나무들이 많잖아요. 이런 나무를 보호하는 자연 치유제예요.”

“자, 자연 뭐?”

어르신은 흠흠, 표정 관리를 했다. 더벅머리 외국 남자가 매일 사과밭에 와서 무슨 일을 하기는 하는데, 아주 열심인 것은 분명한데, 약도 안 치고 퇴비도 안 하니, 이러면 사과는 한 알도 못 건질 게 분명한데 대체 어쩔 심산인지……. 동네 어르신들은 걱정이 많았다. 말이 안 통하니 멀찍이서 보고만 있다가 내가 나타나면 홀연히 다가와서 벼르던 말들을 쏟아 냈다. 그러면 레돔은 나에게 동네 어르신들이 자기에 대해 무슨 말을 하느냐고 호기심을 뿜으며 물어본다. 자기를 괴짜 프랑스놈으로 본다고 말하면 화가 나서 펄쩍 뛰겠지.

“그런데 사과밭에 난 이 풀들은 다 어쩌려고 해? 아이쿠, 동네 사람들 보기 부끄러워서 말이지. 내가 쓰다 남은 제초제가 있는데 가져와서 좀 쳐 봐. 싹 죽어 버려. 예초기 돌려서 언제 다 베나.”

수북한 풀을 보니 나도 부끄러워져서 레돔에게 당장 베라고 하자 그는 핸드폰을 열어 일기예보를 확인했다. 가뭄이 계속될 때 풀은 더디게 베는 게 좋다, 홀딱 다 베어 버리면 그늘이 없어져서 좋지 않다, 땅이 바싹 마르고 벌레들도 갈 곳이 없다, 등등의 이유로 아직은 풀을 벨 때가 아니라는 결론을 냈다. 그런데 어르신은 당장에라도 제초제를 가지고 와 뿌려 줄 태세를 하고 내 명을 기다리고 있었다.

"사람이 땅보다 제 몸뚱이를 더 귀하게 여겨야지, 미련한 사람아."

어르신이 계속해서 나를 재촉한다. 제초제라는 말이 나오면 레돔은 벌컥 화를 낼 것이고, 어르신도 자신의 깊은 뜻이 묵살되었음을 아는 순간 농사라고는 모르는 프랑스 놈에게 분개할 것이다. 고집쟁이 같은 두 남자가 내 얼굴을 빤히 보고 있었다. 이 순간 두 사람이 서로의 말을 못 알아먹는 것이 다행이기도 했지만, 나는 얼른 이 자리를 피하고 싶은 생각에 주섬주섬 먹을 것을 꺼내며 한마디 했다.

"어르신, 더운데 달달하고 시원한 아이스크림이나 하나 드실래요?"

지렁이는
어떻게 땅으로 오는가

첫해 우리 집 사과 농사는 망했다. 두 해째도 망했다. 견딘 놈들이 없지 않지만 일찌감치 반 이상이 날아갔고 남아 있는 것들도 쓸만한 것이 없었다. 어떻게 날이 갈수록 더 폭망이냐. 그런데도 레돔은 사과밭으로 갔다. 어제도 갔고 오늘도 가고 내일도 갈 것이다. 미친놈 같다. 참 고집도 대단하다. 이역만리 와서 짓는 농사니 풍년이들어 덩실덩실 춤을 춰야 할 텐데, 그날이 언제일지 참 멀기만 했다.

"사람들이 유기농 사과 농사 절대 안 된다고 하던데 정말 그런가봐. 그동안 들인 정성이 참 허무하다. 쐐기풀, 민들레, 은행잎……. 나도 못 먹는 온갖 좋은 것들 달여 먹였는데 이 사과들 좀 봐."

풋사과라도 따야겠다 싶어서 매달려 사과를 따고 있자니 서러움에 심장이 아팠다. 그렇게 정성을 쏟았는데도 땅은 우리를 받아들이지 않는구나. 맛도 들기 전에 사과를 따야 하는구나……. 참아야 하는데 내 입에서는 자동적으로 잔소리들이 줄줄이 사탕처럼 흘러나왔다. 레돔은 예초기를 메고 묵묵히 앞으로 나아갔다. 가끔 멈춰 서서 근심 어린 표정으로 나무둥치를 쓸거나 나뭇가지와 잎 들을 들여다보았다. 사과 농사 이 년째, 금지옥엽으로 돌봤으나 우리 사과는 여전히 병들거나 썩거나 벌레 먹거나 찌든 것들이 주렁주렁이었다. 병든 사과를 들여다보는 그의 눈길이 어찌나 슬퍼 보이는지 나는 뚝 잔소리를 멈출 수밖에 없었다.

"농사 이래 지마 안 된다니까. 지금이라도 영양제를 듬뿍 줘야 힘을 받아서 사과가 열리지."

이렇게 말한 사람은 어디선가 나타난 동네 어르신이다. 그러자 어디선가 또 다른 어르신 2가 나타나서 한마디 거들었다.

"아이고 이제 사과나무 다 죽게 생겼다. 약 팍팍 쳐줘야 병이 안 들지."

그러자 또 다른 어르신 3이 나타났다.

"내가 발로 지어도 이보다는 낫겠다."

한마디 하니 또 다른 어르신 4와 5가 나타나서 그동안 근질근질했던 입을 털어 내기 시작했다.

"프랑스 사람 참 고집이 세네. 왜 약을 안 치나? 왜 거름을 안 줘? 아이고 이제 이 나무들 다 죽게 생겼다."

어르신 1부터 5까지 돌아가며 와글와글 한숨과 곡소리를 내자

인생이 내추럴해지는 방법

레돔은 사과밭 구석으로 가버렸다. 그리고 예초기 시동을 걸어 풀을 베기 시작했다. 이제 좀 가주세요, 라는 뜻이나 어르신들은 후렴까지 불렀다.

지금이라도 약 뿌리고, 영양제 좀 치고, 바닥에 반사필름 깔면 좀 나을지도 모른다. 이미 늦었어. 그래 봤자 얼마나 건지겠어. 팔 건 하나도 없어. 팔 게 아니고 와인 만들 거라잖아, 그러니 괜찮아. 아이고, 우리 사과나무 어쩌나……. 원래 이 나무들 시원찮았으면서. 뭐? 우리 사과나무가 얼마나 생생했는데. 30년 전이 좋았지. 그래 사과꽃 필 때. 나도 장가를 그때 갔다니까. 마누라 고생 많이 했지.

어르신들 사과밭 수다는 50년 전으로 거슬러 올라갔다. 사과는 다른 여름 과일에 비해 늦가을까지 나무에 매달려 있어야 한다. 길게 견뎌야 하는 것이 사과의 운명이다. 한 알의 사과를 먹는다는 것은 일 년의 햇빛과 바람과 병고와 해충을 견딘 시간의 결정체를 삼키는 것과 같다. 봄부터 소쩍새가 그리 우는 것은 푸른 사과꽃이 새빨간 사과까지 달려가라는 피맺힌 응원과 같다. 그만큼 긴 시간 온갖 위험에 노출되어 있고 그것을 견딘 것들만이 온전한 사과가 된다. 사과 한 알을 먹을 때 다들 인사해야 한다. '안녕 사과야, 누가 너를 키웠니? 참 고맙구나', 이렇게.

"앗, 이것 봐. 지렁이다! 지렁이가 왔어!"

레돔은 풀을 베다 말고 예초기를 던지고 무릎을 꿇었다. 어르신들은 그가 무슨 보물이라도 찾았나 싶어서 우르르 달려갔다. 레돔이 통통한 지렁이를 손바닥에 올려 모두 앞에 내보이며 자부심 가득한 목소리로 말했다.

"아, 땅이 살아나기 시작했다는 증거가 여기 있어요."

"무슨 소리야. 우리 땅은 한 번도 죽은 적 없어. 그럼!"

레돔의 말을 풀이해 주니 어르신이 이렇게 대꾸했다.

"네네, 감사합니다. 메르시. 메르시 보쿠."

어찌 되었든 레돔은 행복한 농부가 되어 다시 예초기를 돌리기 시작했다. 농사를 짓다 보니 농부라는 것은 대체로 고된 직업이다. 그런 농부가 결혼한 여자의 인생도 고생길이 대체로 활짝 열린 것은 분명해 보였다.

우린 오래오래
살아야 해

이 년 동안 남의 사과밭에 농사를 지으며 경험한 쓰라린 실패는 우리 땅이 생기자 새로운 각오를 다지게 했다.

"내 너를 세상에서 가장 건강하게 키워 주마. 가장 행복한 땅으로 만들어 주마!"

레돔은 막 태어난 첫아이를 안은 아버지처럼 어허둥둥 이리 보고 저리 보며 꿈을 심었다

나뭇잎들은 태양 에너지를 원 없이 받을 수 있고 뿌리는 땅속 돌들을 헤치고 깊이 뻗어 미네랄을 한껏 빨아들이는, 스스로 건강해져 병충해를 이길 수 있는 환경을 만들어 주고 싶어 했다. 땅을 위한 너무 많은 계획이 있었다. 밤낮 책을 읽었다.

가장 먼저 포도밭 가장자리에는 빙 돌아가면서 사과나무를 심었

다. 부사는 당분간 이웃에 있는 유기농 사과농장에서 구할 수 있어 부사를 제외한 많은 품종을 선택했다. 폭 익히면 향긋한 맛이 피어오르는 파이용 사과를 많이 심었다. 너무 시거나 떫은맛이 나거나 쓴맛이 나는 사과들도 심었다. 사과 와인의 맛을 좀 더 복합적이고 독특하게 만들어 줄 각양각색의 사과 30여 종을 심었다.

그의 꿈은 숲과 같은 과일밭을 만드는 것이었다. 한 가지 품종만 자라는 과일밭이 아닌, 온갖 나무와 풀 들이 어울려 나무끼리 모자라는 것을 서로 주고받는 작은 우주와 같은 과일밭을 만드는 것이었다. 특히 병충해 없이 잘 자라는 나무, 포도나무에게 좋은 영향을 주는 나무를 많이 골랐다. 인터넷으로 나무를 주문했고 매일 착착 도착했다. 그중에서 가장 많은 것이 포도나무였다.

레돔은 박스에서 꺼낸 나무들을 버드나무 우린 물에 담갔다. 그리고 생명역동농법 달력을 펴놓고 열매에게 좋은 날을 나무 심는 날로 잡았다. 나무를 심기 하루 전날 말린 쐐기풀 차를 끓여서 물을 우려냈다. 거기에 평화나무농장에서 얻어 온 땅속에서 발효시킨 소똥 증폭제와 석회가루를 넣어 걸쭉하게 반죽했다. 어린 묘목을 위한 묘약이었다. 거기에 연약한 뿌리를 푹 적신 뒤 구덩이에 심어야 어린뿌리가 땅속 병충해에 피해를 입지 않고 강하게 자란다고 했다.

"여기 이렇게 대나무 꽂힌 자리에 곡괭이로 구멍을 파야 합니다. 30센티미터 정도 깊이로 파서 묘목을 구덩이에 넣어요. 그다음엔 금방 파낸 촉촉한 흙을 잘게 부숴 충분히 덮어서 꼭꼭 눌러 준 뒤 여기 이 귀리랑 보리를 베어서 짚과 함께 그 위를 수북하게 덮어 줍니다. 그다음엔 이 보호 망사를 씌우면 됩니다. 아시겠죠?"

포도나무를 심는 날 많은 분이 왔다. 몇 년 전 레돔의 친구가 노르망디에서 처음으로 포도나무를 심을 때 그 지역의 많은 사람이 나무를 심는 데 참여한 적이 있다. 노르망디 사람들은 자신의 지역에서 자랄 포도나무를 직접 심는다는 것에 자부심과 즐거움을 느꼈다. 다들 포도나무를 심고 거기에 자신의 가족 이름표를 매달았다. 가끔 그 포도밭 언덕과 우리의 이름을 적어 놓은 포도나무를 생각하면 마음이 따뜻해진다. 얼마나 자랐을까, 어떤 포도가 열렸을까, 잘 자라고 있겠지!

우리 포도밭에 나무를 심을 때가 되자 그 경험을 함께하고 싶었다. 나무를 함께 심어 줄 분들이 있을지 인스타그램 계정에 요청했더니 얼굴도 모르는 많은 분이 손을 보태기 위해 달려왔다. 레돔이 곡괭이로 구멍을 파고 그 안에 포도나무를 심은 뒤 귀리 줄기와 짚으로 덮고 나서 보호 망사 씌우는 것을 선보이자, 모두들 "잘할 수 있어요, 걱정 마세요!" 소리치며 곡괭이와 포도나무를 들고 흩어진다. 남자들은 손에 침을 퉤퉤 뱉고 기세 좋게 곡괭이질을 시작한다. 퍽퍽 땅 파는 소리가 여기저기에서 울려 퍼진다. 얼마 지나지 않아 다들 아이쿠 나자빠지는 소리를 낸다.

"아아, 이건 정말 쉬운 일이 아니군요! 구덩이를 모두 몇 개 파야 하는 거죠?"

"구덩이는 모두 1,300개 파야 합니다. 오늘은 500개만 파기로 해요."

레돔의 말에 모두 비명 소리를 낸다. 설마 오늘 우리가 다 파야 하는 건 아니겠죠? 여기 돌이 있는 건 어떻게 하죠? 이 흙은 왜 이렇게 새카맣죠? 포도나무 뿌리를 적신 이 거무스름한 액체는 뭐죠? 소똥 증폭제라고요? 이게 묘목을 위한 묘약이라니 너무 재미있군요! 소똥이라는데 냄새가 좋군요! 아, 왠지 자꾸 만지고 싶어요. 그들은 쉬지 않고 재잘거리며 질문을 던진다.

"그런데 이 포도 품종은 뭐예요? 왜 한 고랑에 여섯 개 품종을 심는 거죠?"

쉬지 않고 질문을 던지는 이들은 와인을 좋아하는 도시의 청년들이다. 다들 부드러운 손을 가진 세련된 직장인이다. 농사를 지어본 적은 없지만 열정에 넘친다. 서툴게 곡괭이질을 하고 그 구덩이에 나무를 심을 때 모습은 엄마 가슴에 아기를 안겨 주는 것처럼 조심스럽다. 무릎을 꿇고 한 그루씩 땅의 품에 나무를 안겨 주는 그 모습은 삶에서 몇 번 없는 성스러운 순간이라는 생각이 든다.

"그런데 있잖아요, 지금 심으면 포도는 언제 열리죠? 와인은 언제 마실 수 있죠?"

곡괭이질을 하다가 지치면 또 이런 질문들을 한다. 이렇게 조그만 나무가 언제 자랄까 싶은 모양이다.

"이 나무에서 나온 포도로 와인을 마시려면 5년만 기다리면 돼요."

인생이 내추럴해지는 방법

레돔의 대답에 그들은 한숨을 내쉰다. 우리가 심은 나무에서 나온 와인을 마시려면 정말 오래 살아야겠다! 그때까지 별일 없이 잘 살 수 있을까? 당근 잘 살지 이 바보야! 풋풋한 청춘들이 와서 땅을 밟고 나무를 심고 한숨과 웃음소리를 내주니 밭에 행복한 기운이 넘친다. 이들이 모두 내 아들딸이면 얼마나 좋을까! 나는 젊은 일꾼들의 수를 세며 혼자 웃어댄다.

중참으로 평창 효주 아가씨네 메밀빵과 평화농장 수제햄을 곁들여 풋사과로 담은 시드르를 내놓으니 좋다고 달려온다. 이제 곧 꽃망울을 터뜨리기 시작한 복숭아나무 아래로 모여 장갑을 벗고 흙먼지를 털어 낸다. 멀리서 산새들이 지저귀고 봄빛이 그들의 볼과 손등에서 부서진다. 시드르 뚜껑이 경쾌한 소리를 내면서 열리니 잔에 따르는 소리가 참 유쾌하다. 미래의 포도나무를 위해 건배하고 시원하게 한 잔 마시더니 또 한 잔을 마신다. 메밀빵이 맛있고 햄도 맛있다고 난리다. 한참 일했으니 시장하고 목이 말랐을 테지.

"오늘 심은 나무 한 그루에 다들 자기 이름표를 하나씩 달면 좋겠어요. 이 나무에서 열리는 첫 열매로 담근 첫 번째 와인을 모두 함께 나눠 마시기로 해요."

이 제안에 그들은 와 소리를 내면서 즐거워한다. 오늘은 막대기에 불과한 나무를 심었지만 언젠가 여기에서 나온 포도로 담근 술을 함께 마실 생각을 하니 오늘의 농사와 노동이 삶의 축제가 된 것 같다. 인생에 낙이 생긴 기분이다. 나무는 한순간도 쉬지 않고 땅속으로 뿌리를 뻗고 하늘로 키를 키울 것이다. 생각해 보면 술이란 이런 마법 같은 순간들이 모여서 만들어지는 것이다.

"멍, 멍, 멍!"

멀리서 들리는 개 짖는 소리에 다들 깜짝 놀란다. 휴식 시간이 너무 길었다. 엉덩이를 일으켜 목장갑을 끼고 모자를 쓴 뒤 곡괭이를 쥔다. 퍽, 퍽, 퍽. 곡괭이질 소리가 훨씬 안정적이다. 중참으로 마신 술의 힘인지, 몸속에 숨어 있던 농부의 피가 잠을 깬 것인지 모르겠다. 어찌 되었거나 우리는 지금 인생에서 아름다운 봄의 한때를 누리고 있는 것이다.

인생이 내추럴해지는 방법

• 양조장 앞에서 농부 레돔과 지은이.
•• 농부와 모처럼 밭에 나온 아들.

• 말뚝을 300개 박은 뒤
 포도나무 유인줄을 엮는
 빨간 장화 총각 기흥.
•• 밭에서 사과가 들어오고
 이틀이 지나면 양조장은
 사과향으로 가득 찬다.
 "취하는 기분이에요"라며
 사과를 든 승민.

농부 레돔이 빚은 네 자매 내추럴와인. © 조완

포도를 수확하는 레돔.

• 분쇄되기 전 도르륵 굴러다니며
  사과들이 차가운 물에 몸을 씻고 있다.
•• 막 분쇄된 사과살들.

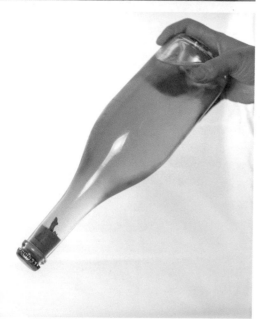

• 시드르 병 속
  자연가스 상태를 살펴보는 레돔.
•• 병 속 2차 발효 중에 생긴
  효모 찌꺼기들은 흔들어서
  제거해야 한다.
••• 발효 중인 시드르는
  어제와 오늘이 다른 맛이고
  내일은 또 다른 맛으로 변화한다.

일 년의 시간과 과정을 마치고 숙성 중인 로제 스파클링와인.

• "포도나무는 처음 심어 보는데 이렇게 하는 것이 맞나요?" 포도나무를 심기 위해 모인 사람들.

•• 복숭아 나뭇가지에 막대기를 걸고 소똥 증폭제를 만들고 있는 빨간 장화 총각 기홍.

••• 포도나무 묘목은 심기 전에 버드나무 우린 물에 쐐기풀 차와 소똥 증폭제, 석회가루를 섞어 담가 두면
   병충해에 견디는 힘이 생긴다.

밭을 일구기 시작할 때 가장 먼저 호밀부터 뿌려 땅을 덮어 준다.
갓 심은 포도나무 잎보다 푸릇푸릇 겨울 호밀이 먼저 올라온다.

한여름 포도밭의 레돔에게 그 아내는 묻는다.
"포도나무 어딨어? 잡초밭 아니야?"

• 생태화장실 옆 포도나무.
　"내 자리가 제일 좋아."
•• 농부를 졸졸 따라다니며
　노래하는 포도밭 단골 새.

• 왕겨에 푹 쌓인 포도밭. 이제 겨울 강추위가 와도 얼어 죽을 염려는 없다.
•• 포도밭 고랑에 짚 덮어 주는 일을 마친 농활자들과 함께. "정말 힘들었어요."

• 포도밭의 새들을 위한 겨울 해바라기. 반쯤 쪼아 먹었다.
•• 해바라기 씨를 얻어먹은 새들은 여름에 포도밭 해충을 먹어 주리라.

나무들의 아버지에게도
좋은 날이 있겠지

처음 한국에 왔을 때 우리에겐 한 그루의 과일나무도 없었다. 길 가다 남의 집 담장이나 마당에 심긴 포도만 봐도 멈춰 서서 품종이 무엇인지, 가지는 어떻게 뻗어 갔는지, 땅은 어떤지, 두릿두릿 살피며 긴 이야기를 하곤 했다. 남의 집 포도밭과 포도나무가 참 부러웠다. 낯선 집 앞에 서서 담장에 늘어진 포도덩쿨을 한참을 들여다보았다.

'저 가지 몇 개만 좀 얻으면 좋을 텐데.'

레돔은 담장 아래 서서 이런 노래를 부르고 또 부른다. 정말 미친 짓 같지만 나는 눈을 질끈 감고 용기 내어 대문을 두드린다. 세상에 이런 일을 두 번 더 하라면 못할 것 같은데 또 하게 된다. 품종이 뭔지 묻고 가지 몇 개 얻어 갈 수 있는지 부탁했다. 다들 선뜻 잘라 가라고 했다.

그러나 레돔은 만족을 모른다.

"요즘 포도나무 가지치기를 할 때인데, 삽목용 가지가 필요해. 어디 구할 수 있는 데 없을까?"

원하는 대로 대령하니 가져오라는 것이 끝없다. 철철이 필요한 것이 나온다.

이거 필요하다, 저거 필요하다 말한다. 품목도 다양하다. 리슬링을 키우는 사람도 있다, 샤르도네도 있고, 피노누아르도 시험해 보면 좋겠다, 한번 찾아보면 나올 것 같은데…….

너무 귀찮고 불만스러웠지만 거절할 수는 없었다. 저 나뭇가지에 우리의 생계가 달려 있다고 생각하니 발등의 불을 끄듯 일을 하게 되었다.

없는 능력을 총동원한다. 결국 아는 사람의 아는 사람의 아는 사람, 이런 식으로 묘목을 구했다. 그냥 사버리면 되지만 그 돈이 생각보다 제법 많이 들었다. 선뜻 가지를 내어 주시는 분들이 많았다. 아무것도 없을 때 손을 내어 준 그 고마움은 두고두고 잊을 수 없다. 레돔은 얻어 온 가지들을 알뜰히 잘라 젖은 흙에 꽂아 뿌리가 나게 했다.

1리터짜리 페트병이 많이 필요하다고 해서 온 충주 시내에 있는 분리수거장을 다니면서 수백 개를 모아 주었다. 매번 이런 일을 할 때마다 '난 정말 이상한 남자와 결혼한 것 같아' 싶으며 정신이 멍해졌다.

그는 페트병 하나하나를 반으로 잘라 아래는 물을 붓고 위에는 흙을 넣어 매번 물을 주지 않아도 뿌리가 잘 내릴 수 있는 화분을 만들었다. 거기에 연필 같은 막대기를 꽂아 싹이 나게 했다. 상주 젤코바와이너리에서 가지치기한 머루포도 가지를 얻고, 김천 신휘 시인에게서 캠벨다크를 얻고, 송산 한영헌 농부가 청수 가지를 내어 주셨다.

그 외에도 리슬링과 샤르도네, 피노누아르…… 포도라고 이름만 붙어 있으면 품종을 가리지 않고 모두 얻어서 삽목을 했다. 신기하게도 다음 해 봄에 뿌리와 싹이 나서 포도밭에 옮겨 심을 수 있는 묘목이 되었다.

나무 심기는 모두 세 차례에 걸쳐 이루어졌다. 4월 들어 총 1,300그루의 묘목을 심었다. 말 그대로 나무 심기 깔딱고개를 넘어섰다. 포도나무 사이사이에 포도나무의 친구가 되어 줄 나무를 함께 심었다. 친구나무로 가장 먼저 산딸기와 복숭아나무, 무화과, 헤이절너츠 같은 나무들을 심었다. 프랑스에서 가져온 씨로 싹을 틔운 까막까치밥 나무들도 100여 그루 심었다. 이 나무들은 포도밭에 심으면 꽤 잘 자란다.

포도나무와 뿌리가 얽히면서 서로 좋은 것을 주고받고 포도에 은근하게 맛이나 향이 스며든다고 했다. 사과나무 한 그루마다 카시스나무도 한 그루 심었다. 벌레들이 사과인 줄 알고 카시스나무에 붙어 있다가 사과 열매에 파고드는 시기를 놓치게 하는 역할을 한다고 했다.

아마존 산불로 사라진 나무들이 수안보 언덕 포도나무로 환생해 지구의 팔딱이는 초록 심장, 초록의 우주, 숲과 같은 건강한 포도밭이 되기를 야심차게 기도했지만 아직은 연필처럼 보이는 저 묘목들이 언제 커서 숲을 이룰지 까마득했다.

그러나 레돔은 말한다.

"나무들은 생각보다 금방 자라. 금방 숲이 될 거야!"

레돔 혼자 했더라면 석 달 열흘이 걸리고 앓아누웠을 일을 세 번에 걸쳐 여러 친구들이 도와주었다. 중참으로 시드르를 수십 병 마셨고 동네 식당에서 된장찌개를 적어도 100인분은 먹었을 것이다. 무척이나 힘들었지만 먹고 마시고 떠들고 웃으면서 노동을 파티처럼 치렀다.

아무것도 없는 맨땅에 나무 심는 데 손을 보태 준 그분들을 잊을 수 없다.

"이제 비만 쏟아지면 된다!"

그러나 비는 오지 않고 바람만 불었다. 시베리아 북서풍이 위이잉 무서운 소리를 내면서 불어왔다.

"이러면 정말 곤란한데!"

농부는 햇빛 가리개 모자 대신 털모자를 쓰고 밭으로 간다. 3천 리터의 물을 퍼 올려 땅을 적셔 보지만 금방 말라 버린다.

작은 우주 숲과 같은 포도밭

비타민
컴프리
아스파라거스
토끼풀
아주까리
펜넬
레몬밤
카씨스
사과나무
인동덩굴 민트
토마토
복숭아 나무
벌통
지렁이
뽕나무
버드나무
민들레
대추나무
무화과
라벤더
팀
루바브
팬지

쐐기풀

오크라

밤나무

떡갈나무

버섯

회화나무

호밀

새집

생태화장실

키위

보리수

온실

작은 연못

감나무

체리

수세미

헤이절너츠

왕겨더미

자두나무

나무딸기

복분자

캐모마일

벌레호텔

싸리나무

깻단더미

벌레Hotel

사과나무

카시스

보리수

체리

헤이절너츠

캐모마일

"정말이지 비는 언제 온다는 거야?"

레돔은 애가 타서 서울에서 내려온 빨간 장화 총각을 붙들고 애타게 묻는다.

"내일은 꼭 올 거예요. 저 하늘의 구름을 보세요!"

아이가 레돔을 안심시키지만 구름은 금세 도망가 버린다. 찬바람에 손가락이 얼어붙는 것 같고 귀가 시리다. 봄에 이런 바람은 큰일이다.

농부는 얼굴에 그림자를 드리운다. 남쪽에서는 복숭아꽃, 살구꽃, 사과꽃이 다 얼어 버렸다고 한다. 두 남자는 북풍에 맞선 전사처럼 언덕 위로 한 걸음씩 나아간다. 농사일에 익숙한 레돔의 튼튼한 어깨에 비해 빨간 장화 총각은 아직 육체노동에 단련되지 않은 호리호리한 뒷모습이다. 멀리서 보면 아버지와 아들 같다. 한 번도 농사를 지어 본 적이 없는 이 아이는 한 달 사이에 나무와 땅을 익히기 시작했다. 허리를 펼 때는 어구구 소리를 내고 얼굴은 까맣게 타고 손가락은 거칠어져 갔다. 그런데도 싫은 표정을 하지 않고 늘 웃는다. 농부가 되어 가는 그 모습이 든든하면서도 내 마음을 짠하게 한다.

"이제 그만 집에 가자. 이러다 감기라도 걸리면 나는 책임 못 져."

내가 이렇게 말하지만 두 남자는 들은 척도 않는다. 바람 때문에 아무 소리도 들리지 않는다. 나무 외에는 관심 없어 보인다. "네에 가야죠" 하고 대꾸하지만 건성이다. 심어 놓은 나무들이 흙은 제대로 덮고 있는지, 가지에 움트는 새순을 조심스레 다듬고 옆에 난 풀을 잘라 토닥이며 덮어 준다.

"이 실바너 포도나무는 살아날까요? 왠지 마음이 가요. 가지가 너무 나약한데 이쪽은 땅이 돌투성이라 살아날지 모르겠어요. 혹시 죽지 않을까요? 얜 제 나무로 할래요. 꼭 살아나게 돌볼 거예요!"

빨간 장화 총각은 가장 약해 보이는 나무에 자신의 이름표를 붙이고 보호망을 씌우고 밤낮으로 걱정한다. 어린 왕자의 장미처럼 이 나무는 꽤나 까탈스럽다. 아이는 코를 땅에 박고 포도나무의 이야기를 들으려 애를 쓴다.

"뭐, 뭐라고? 바람이 너무 많이 분다고? 아아, 그리고 뭐? 옆에 있는 쟤, 청수가 마음에 들지 않는다고? 아 그렇다면 잠깐만. 저기, 레돔 선생님. 얘 옆에 산딸기나무 같은 바람막이 나무 하나 심는 건 어떨까요?"

빨간 장화 총각이 이렇게 말하면 레돔은 곧바로 심약한 실바너 포도나무에게로 간다. 두 남자는 포대기에 감싸여 울어 대는 아기를 들여다보는 것처럼 쪼그려 앉아 가만히 나무를 본다. 주변의 흙을 조심스레 매만지고 자갈들을 골라내며 긴 이야기를 한다. 바람 때문에 잘 들리지 않는다.

나무와 두 남자가 초자연적으로 연결되어 있는 느낌이 드는 모습이다. 이제 그들은 나무를 심었고 그들을 돌봐야 하는 운명을 걸머

지었다. 눈이 오나 비가 오나 잠을 자다가도 나무 걱정에 잠을 설칠 것이다. 고달픈 농부의 운명이 시작되었다. 그러나 좋은 날도 있을 것이다.

인생이 내추럴해지는 방법

내일은 일기예보가
맞을 거야

"중부 지방에 밤늦게 비 올 확률 60퍼센트, 120밀리 온다고 했는데 어떻게 된 거지? 햇볕이 내리쬐네. 천둥, 번개와 함께 소나기가 내린다고 해놓고 어떻게 이렇게 날씨가 바싹 마를 수가 있지? 만날 돌풍을 동반한 천둥, 번개와 함께 많은 비가 올 거래. 그것도 토요일 온다, 일요일 온다, 월요일 온다, 미루더니 이젠 일주일 뒤에 온다네. 세상에 무슨 나라가 일기예보가 이렇게 맞지 않는 거야?"

글쎄, 비가 내리지 않는 게 내 잘못인가? 나는 한국에서 일어나는 모든 일에 책임지고 대답해야 한다. 정치와 문화는 물론이고 농업과 국세청과 식품의약품안전처(식약처) 등등. 모든 분야에 책임감 있는 답변을 내놓지 않으면 그는 콧방귀를 뀐다. 레돔은 하루에 몇 번씩 일기예보를 체크한다. 특히 잠자기 전에 보는 '내일의 일기예보'는 아주 중요하다. 날씨에 맞춰 농사지을 준비를 다르게 하기 때문이다.

"북태평양 고기압이 가장자리에 놓이게 되면 대기가 불안정해 호우가 내리는데, 수축 정도를 파악하기가 힘들기 때문이라고 하잖아. 여기 이렇게 대답해 놓았잖아."

이런 나의 설명은 도움이 되지 않는다. 그는 시무룩하다. 꽁꽁 묶인 죄인처럼 신음하며 말라 가는 어린 포도나무를 들여다본다. 5천 리터의 물을 끌어와 한 그루씩 주지만 한낮의 뙤약볕에 순식간에 말라 버린다. 농부도 신음하고 나무도 신음한다. 둘 다 입이 바싹 말라 곧 죽을 것 같다.

"내일은 정말 비가 온대. 돌풍을 동반한 많은 비가 전국에 내릴 거래!"

내가 장담하면 그는 바보처럼 설레며 두 손을 맞잡으며 외친다.

"한바탕 쏟아지면 정말 좋겠다! 하느님 제발!"

농사를 지으면서 우리는 만날 하늘을 쳐다본다. 강물도 본다. 이렇게 말라 버리다니, 하느님도 무심하시지. 이제 올 때가 되었는데! 이렇게 안 내리면 정말 어쩌란 말인지. 여기서 하루만 더 햇볕이 내리쬐면 모두 말라 버릴 거야. 사뿐하게 한 방울이라도 내려 주면 좋겠어. 갈증으로 목이 타 축 늘어진 포도나무를 보며 농부는 시간 단위로 일기예보를 들여다보면서 신음한다. 그 옆에서 꿀꺽꿀꺽 물을 마시는 것조차 미안스럽다.

그런데 이것이 무슨 일인가. 강수량 5밀리미터라고 예보해서 기대도 안 했는데 천둥이 우르릉거리며 터지더니 후드득 소리와 함께 비가 쏟아지기 시작했다. 캄캄한 밤 아스팔트를 두드리는 소리를 보아하니 아주 굵직한 비다. 곧이어 콸콸콸 물 흘러가는 소리가 들린다.

"비가 내린다!"

이불 속에서 그가 조용히 한마디 하더니 다시 잠 속에 빠져든다. 설마 환청은 아니겠지. 아침에 창문을 여니 세상이 달라져 있다. 온 세상이 깨끗해졌다. 공기는 신선한 물기로 가득하다. 태양도 말끔하게 빛난다. 나무가 춤을 춘다는 말의 뜻을 알겠다. 나뭇잎에 붙은 물방울들이 반짝거리며 넘실댄다. 세상이 다시 살아났다!

"아, 비 온 뒤 땅에서 올라오는 이 축축한 흙냄새 너무 좋아!"

우리는 곧장 밭으로 달려가서 황홀하게 숨을 들이마신다. 비바람에 반쯤 누워 버린 호밀을 밟으며 걸어가니 초록 줄기가 땅에서 이지러지면서 신선한 풀 냄새를 풍긴다. 새들이 날아가며 지저귄다. 모든 살아 있는 것들이 밤새 물을 흠뻑 들이마셔 한껏 유쾌해져 있다.

어린 포도나무들은 물방울을 머금고 말간 잎을 내밀고 있다. 어느새 쑥 자랐다. 따가운 햇볕을 가려 그늘막 역할을 해주는 호밀은 이제 너무 자라 버렸다. 이렇게 비가 내린 다음에는 바람이 잘 통해야 하기 때문에 호밀을 눕혀 줘야 한다. 장화 발로 키 큰 호밀을 밟자 빗방울이 후드득 떨어지면서 사가각사가각 소리를 낸다. 젖은 호밀 밟히는 소리에 취해 시간 가는 줄 모른다. 바지가 축축하게 젖고 머리카락도 푹 젖었다.

"와, 저 산 좀 봐!"

레돔이 허리를 펴고 감탄한다. 앞에 보이는 산에 비구름이 몽실몽실하게 맺혀 있다. 이 순간이 지나면 볼 수 없는 풍경이다. 저 산에는 분명 정령들의 마을이 있을 것 같다. 산속에 뽀얗게 걸린 저 비안개는 온 동네 정령들이 날아다니며 젖은 머리카락을 털면서 생긴 물방울 가루들일 것이다. 내가 저 하늘을 날아가도 놀라지 않을 것 같다. 이런 마법 같은 순간을 누리는 것은 농사짓는 자만이 누릴 수 있는 특권이다.

제3장

와인은 익어 가고
우리는 살아남았다

레돔은 지금이 좋다지만 나는 가끔 잠을 설친다.
어찌 되었거나 우리는 죽지 않고 살아남았다.
이것만으로도 얼마나 고마운지!
레돔은 새들을 불러 모아 해바라기 씨를 한가득 준 뒤 일을 시작할 것이다.
새들도 잘 살 것이고, 우리도 별일 없이 잘 살 것이다.

백 가지 사과를 먹으면
백 가지 상상을 하게 된다

"시드르가 없다고? 그렇다면 칼바도스도 없겠구나. 그러니까 사과술들 말이야. 사과케이크나 파이도 없다는 거야? 사과를 졸여서 먹는 콩포트는? 오, 정말 맛있는 것들인데 왜 없지?"

레돔이 한국에 와서 처음 사과를 먹었을 때의 반응이다. 1990년대 후반이었다. 그가 먹은 것은 홍옥이었고 그 새콤한 맛에 반했다. 당연히 맛있는 시드르도 있겠지 했는데 그것이 술인 줄도 모르는 나를 보고 좀 놀라워했다.

"우리에겐 생으로 먹을 사과도 부족해서 그런 것이 아니었을까 싶어. 술보다 생존이 먼저잖아."

사과에 대한 나의 첫 기억은 초등학교 때였다. 사람들은 경상도 대구 근처 여자아이들은 사과를 많이 먹어서 예쁘다, 라는 말을 하곤 했다. 그러나 나는 사과를 먹어 본 적이 없었다. 오히려 감을 많이 먹었다. 감꽃, 소금물에 삭힌 풋감, 홍시, 얼어붙은 겨울감, 사계절 내내 어찌나 감을 먹었던지 변을 보지 못해 엉엉 우는 아이들이 많았다. 그즈음 사과는 막 시작하는 고급스러운 과일이었고 우리 손에까지 들어오지도 않았다. 감을 언제 처음 먹었는지는 모르겠지만 사과를 처음 먹어 본 날은 선명하게 기억한다.

그날따라 왠지 사과밭 쪽이 궁금해서 갔더니 바닥에 떨어진 사과 한 알이 보였다. 얼른 그것을 주워 주머니에 넣은 뒤 강까지 걸어갔다. 깨끗이 씻은 뒤 커다란 바위 위로 올라가 강물에 반짝이며 흘러가는 햇빛을 보았다. 예쁜 사과 한 알을 먹기에 좋은 장소를 택하고 싶었다. 사과를 한 입 깨무니 새콤달콤한 즙이 입안을 흥건하게 적시며 목구멍으로 넘어갔다.

아삭아삭 소리와 함께 넘어가는 그 맛은 혓바닥뿐 아니라 나의 뇌 속 오만 가지 감각을 일깨워 주는 느낌이 들었다. 감과는 비교할 수 없는 상큼함과 고급스러운 첫 느낌이었다. 그 뒤 사람들이 제일 좋아하는 과일이 뭐냐고 물으면 나는 "사과!" 하고 대답했다. 《구약성서》에서 왜 사과를 금단의 열매로 취급하는지 이해할 수 있을 것도 같았다. 너무 맛있으니까 위험을 느꼈는지도 모른다. 사과의 달콤함에 빠져 하느님의 말씀에 집중하지 못하는 유혹의 과일이기 때문이라는 말을 읽은 적이 있다.

"그렇다면 노르망디에 가볼 필요가 있어. 거기엔 백 가지가 넘는 사과가 있으니 어린 시절에 먹었던 그 사과 맛을 찾을 수 있을 거야. 물론 시드르도 마셔야지!"

파리의 슈퍼마켓에서 시드르를 살 수 있지만 그것들은 공장에서 만든 싸구려이기 십상이다. 진짜 시드르를 마시려면 프랑스 노르망디나 브르타뉴 지방으로 가야 한다. 그곳 농부들은 사과로 최고의 술을 만들어 그 기술을 자자손손 전해 준다. 그들은 사과시드르뿐 아니라 메밀 크레이프도 만든다. 까칠한 메밀로 만든 크레이프의 거칠게 구수한 맛은 사과주 특유의 시큼하게 콕 쏘는 맛과 묘하게 잘 어울린다. 노르망디에 가면 백 가지의 사과가 있다고 하니까 무엇인가 깨달아지는 게 있었다. 프랑스에 살면서 느낀 것은 이곳에는 각양각색 스타일의 사람, 각양각색의 생각을 가진 사람, 온갖 이상한 사람들이 많다는 것이었다.

"프랑스 사람들이 백 가지 다양한 상상을 할 수 있는 것은 프랑스에 백 가지 맛이 다른 사과가 있기 때문일 거야."

상상력의 시작은 사람의 혀에서 시작하는 것이 아닐까 싶다. 온갖 종류의 다양한 맛을 보고, 그 풍성한 혀의 느낌이 뇌로 가서 상상력이라는 꽃으로 피어나는 것이다.

우리나라 사람들은 크고 달콤하고 저장성이 좋은 과일만 선호한다. 사과든 수박이든 복숭아든 모든 과일이 크고 달콤한 것 위주로 남아 있다. 소수의 입맛을 위한 것은 사라져 버렸다. 떨떠름하거나 시큼하거나 민숭민숭하거나 쓴, 납득할 수 없는 맛의 사과는 없다. 지금 시장에 가면 똑같은 사과밖에 없다. 그 외 과일도 별로 다를 게 없다. 많이 팔리는 맛만 남아 있다. 이런 탓에 우리의 혀는 점점 둔감해지고 뇌는 단순화되는 건 아닐까 싶다. 다들 비슷무리 짬뽕이 되어 버린다. 거리의 자동차를 봐도 온통 흰색이나 검정색, 회색, 너무 독특하거나 튀는 것을 좋아하지 않는다.

"똑같은 맛의 사과를 먹고, 똑같은 생각을 하고, 똑같은 옷을 입고, 똑같은 직업을 가지고……. 그러다 보니 좀 이상하다 싶은 다른 사람을 이해를 못하는 경향이 있는 것 같아. 남과 다르거나 튀는 걸 싫어하는 경향은 미각에서 비롯된 것 같아."

이상야릇한 맛의 과일을 먹고, 이상야릇한 생각을 하고, 이상야릇하게 살고 싶다. 그런데 달콤하기만 한 과일밖에 없으니 큰일이다. 이상야릇한 생각을 많이 해야 노벨 문학상도 나오고 에디슨이나 아인슈타인 같은 괴짜 과학자도 나올 텐데, 내가 이런 푸념을 하니 레돔은 노벨 문학상보다 더 급한 것이 있다고 한다.

"진짜 심각한 것은 미래에 닥칠 기후변화에 대비할 품종이 없다는 거야. 한국 기후에 병들지 않고 잘 자랄 사과나무와 포도나무를 구하고 싶어. 어떻게 하면 사라진 한국의 옛 과일 품종들을 찾아서 온갖 잡풀 속에서도 잘 자라게 할 수 있을까? 옛날부터 사과밭 해 오는 사람 있으면 옛날 품종 가진 거 있는지 좀 물어볼래?"

이런, 난 그냥 이상한 맛이 나는 과일이 먹고 싶을 뿐인데 그는 또 뭘 구해 달라고 하네. 혹시나 싶어 사과 농사를 짓는 분들께 옛날 할

아버지 적 품종 가진 것 있느냐고 물었더니 다들 하는 말이 이렇다.

"있었는데 너무 늙어서 싹 베어 버렸지!"

그래, 지금부터 우리 밭에라도 심어 보는 거야. 온갖 종류의 사과를 심어 대한민국 사람들의 죽어 버린 혀 감각을 일깨워 뇌 속에 잠자고 있는 이상야릇한 달곰쌉쌀한 생각들을 깨워야지. 이런 위험하군, 위험해!

대한민국 사람들의 혀에 지진을 일으킬 오싹하게 위험한 프로젝트를 생각하자 심장이 찌르르하면서 즐거워졌다.

한 병의 와인을 만들기 위해
필요한 것들

술을 만들어 보겠다고 한국에 왔지만 사실 술 만드는 일보다 더 많은 시간을 들이는 것이 농사짓는 일이었다. 과일 농사를 지어 술을 만든다, 여기까지는 이해했다. 그런데 알고 보니 또 다른 많은 일들이 기다리고 있었다. 술을 제조해도 된다는 주류 제조 허가를 받기 위해서는 엄청나게 까다로운 서류들을 준비하고 통과해야 했다. 제조 허가를 받고도 계속되는 국세청과 식약처의 서류 릴레이, 계속되는 이해할 수 없는 까다로운 검사들, 그리고 계속되는 것이 있으니 바로 수입이었다.

"그러니까 지금 행복합니까? 가장 행복했던 때 혹은 가장 힘들었던 때가 언제죠?"

이런 질문을 받을 때가 있다. 레돔은 작은 땅을 일구어 농사를 짓고 와인을 만들고 싶다는 평생의 꿈을 이루기 위해서 한국에 왔다. 그래서인지 사람들은 지금 그가 행복한지 어떤지 알고 싶어 한다. 정작 그는 그런 것들을 별로 생각하지 않는다. 그냥 오늘 하루 코앞에 떨어진 일을 하고 저녁이면 야채수프를 먹고 잠자리에 든다. 코를 골면서 자는 걸 보니 그의 인생에는 별걱정이 없어 보인다.

정작 나는 잠을 이루지 못할 때가 많다. 바로 해외에서 물건들을 수입해 올 때다. 대서양을 건너며 배가 뒤집어지지는 않을까 하는 걱정이 아니다. 문제는 늘 우리나라에 들어온 그 순간부터 시작되었다. 코르크 뚜껑이나 뮈즐레(코르크를 조이는 철사) 같은 작은 것부터 발효 압력을 견딜 수 있는 샴페인 유리병이나 착즙기, 발효탱크, 작고 큰 기계들까지 모두 수입해야 했다.

"유리병과 코르크에 대한 BL(선하증권), 인보이스(송장)와 패킹리스트, COA(장기운송계약), 재질분석표와 제품설명서를 주세요. FTA(자유무역협정) 세율 적용입니까? 지금 검역에 들어가야 하는데 수입 식품 등에 관한 영업등록증부터 보내 주세요."

사과밭 모퉁이에 양조용 포도나무를 심느라 구덩이를 파고 있을 때였다. 전화기에서 들려오는 소리를 이해할 수 없었다. 처음으로 와인병을 수입할 때였다. 유리 공장에서는 재질분석표 같은 것을 주지도 않았으며 코르크는 그냥 100퍼센트 나무인데 무슨 재질분석표가 있을까. 그리고 수입 식품 영업등록증은 어디서 받을 수 있는지……. 지금 당장은 없다고 했다. 담당자는 대체로 냉정한 편이다.

그때까지만 해도 나는 외국에서 물건을 들여오는 '수입'이라는 장르에 대해 아는 것이 하나도 없었다.

"수입자 이름의 영업등록증 없이는 통관할 수 없습니다. 그렇다면 유리병을 파쇄하거나 다시 돌려보내야 합니다. 그 비용은 수입한 사람이 댑니다. 제품의 부피가 있기 때문에 수화물 보관료가 많이 나가는데 폐기 시 보관료도 함께 납부하셔야 합니다."

나는 포도밭에서 굴러떨어지듯 내려와 집으로 달려갔다. 수입 식품 관련 영업등록증부터 만들어야 했다. 인터넷 사이트에 들어가서 위생 수업을 이수해야 하는 첫 단계가 있었다. 회원 가입 후 흙 묻은 손을 씻지도 못하고 한참 수업을 듣다 보니 수입에 관한 것이 아닌 제조에 관한 위생 수업을 듣고 있었다! 나의 멍청함을 탓할 사이도 없이 다시 수업료를 내고 수입업 수업을 다 듣고 나니 시청에 가서 영업등록면허세를 내야 한다고 했다. 부랴부랴 시청으로 달려가 면허세를 내고 나니 또 무슨 사이트에 가입해야 했다. 공인인증을 받아 놓지 않아 은행까지 달려갔더니 오후 네 시가 넘어 다음 날 해결해야 했다. 또 식품특별법 관련 신청을 해야 했고 수수료를 낸 뒤 영업등록증을 받았다.

"사흘 동안 만든 아이디만 해도 공책 한 권이 되겠다. 비밀번호는 또 어찌나 어렵게 만들라 하는지 조합하는 순간 다 잊어버렸어. 아, 눈알이 팽팽 돈다."

우여곡절 끝에 보관료를 듬뿍 내고 프랑스에서 온 유리병과 코르크를 받았으니 이제부터는 영업등록증도 있는 '프로 수입업자'가 되었다고 생각했다. 그러나 냉각기가 들어올 때 또다시 '외계인'과의 통화가 시작되었다.

"이것은 정격전압입니까, 조정전압입니까? HS(국제통일상품분류) 부호명이 뭐죠? 식별부호는요? 잘 모르시면 자세한 것은 한국기계전기전자 시험연구원, 국립전파연구원에 전화해서 제품에 관해 문의해 보세요. 전기용품으로서의 안정성에 대한 검사를 거쳐야 할 것으로 보입니다. 아니면 파쇄하시거나 돌려보내야 합니다."

그는 대체로 무심한 편이다. 걸핏하면 파쇄 아니면 돌려보내야 하고 보관료를 납부해야 한다고 한다. 나는 가슴이 팔딱팔딱 뛴다.

"구, 국립전파…… 뭐, 뭐라고요?"

움직일수록 더 깊이 빠져드는 늪과 같은 수입 스토리는 끝없이 계속된다. 와인을 만드는 데 필요한 모든 기계를 유럽에서 수입했다. 착즙기와 탱크, 뮈들러, 냉각기, 충진기, 병입기와 같은 큰 물건에서부터 아주 작은 뮈즐레와 코르크까지. 사람들은 유리병 정도는 한국에서 만든 것을 쓸 수 있지 않느냐고 그런다. 그런데 우리나라에는 병속 발효 압력을 견딜 수 있는 종류의 병이 없다. 프랑스 샴페인의 압력을 견디는 병은 프랑스 샹파뉴 지방의 유리병 공장에서 사야 한다. 유리병이 들어올 때마다 나는 신음 소리를 내고 유체 이탈 순간이 오지만 해피엔딩 결말을 끌어내야만 한다. 쿨쿨 잠든 레돔 옆에서 전화기를 만지작거리며 외계인의 메시지를 기다린다.

"수입 처리 완료되었습니다. 내일 물품 받을 수 있도록 배차해 두었습니다."

그제야 나는 단잠을 이룰 수 있다. 내 인생의 가장 행복한 순간이라고 말하련다.

세상에 죽으란 법은
없으니까

　수입한 기계들이 내 손에 들어왔을 땐 깊이 안도하지만 그것이 끝은 아니다. 몇 년 안에 꼭 말썽을 일으킨다. 양조장에 출근한 레 돔이 아침 일찍 전화를 하면 불길하다. 무슨 문제가 생겼다는 것이 다. 프랑스에서 수입한 샴페인 핸들링 기계 문짝 고리가 부서졌다고 한다. 감가상각이란 것이 이렇게 나오는 모양이다. 기계들은 세월과 함께 닳아빠지고 문제를 일으킨다. 쇠로 된 문짝에 새로운 구멍을 내야 한다는 것이다. 어디 가서 이렇게 두꺼운 쇠문에 구멍을 내는 지 모르겠지만 빨리 수리하지 않으면 큰일 난다니까 일단 문 세 개 를 들고 충주를 전전하기 시작한다.

　"혹시 이런 쇠에 구멍 내는 데 아세요?"

　철물점 네 군데를 돌아다닌 뒤 어떤 철공소를 알게 된다. 철공소는 바쁘다. 내가 들고 간 이상한 쇠문을 이리저리 보고 쇠 뚫는 드라이버 기계 앞에 대보고 해도 방법이 안 나오니 다른 데 가보란다. 충주에 철공소가 이렇게 많았나. 세 번째 철공소에 이르자 내 얼굴이 사색이 된다. 이러다 오래 못 살 것 같다. 내 불쌍한 표정에 한 분이 어떻게든 고쳐 주시겠단다. 잘라서 뚫은 뒤 다시 용접을 하면 될 것 같다고 한다. 숨은 고수, 하느님을 만난 것 같다.

구사일생으로 쇠문을 고쳐다 주니 이번엔 포도나무에 잎을 갉아 먹는 벌레가 생겼다고 울상이다. 프랑스에서는 이런 벌레를 본 적이 없다고, 어떻게 이런 벌레가 생길 수 있느냐고 묻는다. 아니, 자기가 아는 벌레만 와야 된다는 건 어느 나라 농사법인지 모르겠다. 모든 벌레는 천적이 있는데 얘의 천적을 좀 알아보자고 한다. 난 모르겠다, 약 안 치고 키우겠다는 사람이 알아서 하라고 도망가 버렸더니 몇 날 며칠 한 잎 한 잎 살피며 벌레를 잡는다. 아침부터 저녁까지 뙤약볕에서 미련하게 굴고 있다. 유기농 사이트에 가니 은행알을 삶아 분사해 보라고 해서 은행알을 구해 종일 삶아 그 물을 뿌린다. 그래도 잘 안 없어져 '흙살림'에 미생물로 만든 약이 있어 주문하고 나니 이제는 예초기가 말썽이다.

이놈의 기계는 지금까지 백 번은 고친 것 같다. 예초기 대신 2미터짜리 손잡이가 달린 낫이 더 좋겠다며 프랑스 농부가 일하는 사진을 보여 준다. 그렇게 손잡이가 긴 낫을 사러 충주 철물점을 몽땅 다녀도 없다. 이 남자는 왜 이상한 것들만 구해 달라는지 모르겠다.

냉장고 이불이나 인견 팬티, 발가락 양말, 이런 거를 사 달라면 당장 해결해 주겠는데 말이다.

이 와중에 내 핸드폰이 안 된다. 뒤적여 보니 사진이 5천 장이 넘고 동영상과 서류 같은 것들이 뒤죽박죽이다. 노트북에 전부 옮기려고 하니까 노트북 메모리에 빨간 불이 들어와 있다. 하드디스크에 옮겨 볼까 했더니 갖고 있는 하드 네 개 전부 용량 초과다. 지워야 할 것들을 보다가 10년 전에 넣어 둔 영화 한 편을 보느라 시간을 보내고 말았다!

처리해야 할 양조장 서류가 산더미처럼 쌓였는데 늘 엉뚱한 짓을 한다. 세금계산서 발행하려고 컴퓨터 켰다가 홈텍스 안 가고 엉뚱한 데 가서 이것저것 보다가 시간 보내고 눈이 피곤해서 그냥 자 버린다. 메시지 보내려고 핸드폰 켰다가 페이스북 들어가서 몇 시간 놀다가 나와서는 바쁘다고 난리다. 양조장 홈페이지 만들기도 반쯤 하다가 말았고, 스토어에 신제품 올리는 것도 못하고 있다. 마케팅이다 브랜딩이다 뭐다 하는 것들은 딴 집 이야기다.

새로운 양조장을 건축해야 하는데 설계며 토목이며 허가를 받아야 한다고 입으로만 노래를 부른다. 건축 비용 조달을 위해 융자를 알아봐야 하는데 은행 가기가 싫다. 괜히 돈 빌렸다가 못 갚아서 압류 들어오면 어디 가서 살아야 하나 이런 고민을 하고 앉았다. 과연 양조장을 지을 수 있을지 의심스럽다. 내가 지금 가는 곳이 산인지 바다인지 모르겠다.

집 청소는 몇 달째 밀려 있다. 작년 여름옷 정리도 못했는데 올여름이 와버렸고, 아마 저 지난겨울 옷도 정리해야 한다고 노래를 부르다가 겨울이 오겠지. 레돔은 내가 어떻게 사는지 페이스북을 통해서 안다. 대화 단절 부부다. 문제가 생겼을 때만 부랴부랴 이야기한다.

"어, 여기 갔었어? 어딘데? 이 사람들은 누구야? 이거 맛있어 보이는데 뭐야?"

아침에 밥을 먹으며 이런저런 질문을 던진다. 나는 안경을 찾느라 정신이 없다. 열 개가 넘는 안경을 여기저기 흩어 놓았건만 필요할 때는 하나도 안 보인다. 냉장고가 고장 났는데 안경이 없어 인터넷 쇼핑을 못하고 있다.

겨우 몇십만 원짜리 물건을 사면서 몇만 원 아껴 보려고 눈알 빠지게 인터넷을 봐야 하는 것이 인생인가. 정말 짜증난다. 그냥 마트에 가서 원하는 냉장고를 주문해 버린다. 새 냉장고를 주문하고 집으로 오니 기분이 날아갈 것 같다. 잘 돌아가는 깨끗한 냉동실에 얼음을 잔뜩 얼려 둬야지. 아이스커피를 마시며 멘탈 붕괴, 육체 소멸의 총체적 난국을 찬찬히 해결해 보기로 한다. 하여튼간에 별일 없이 잘될 거라는 것이 내 생각이다. 왜냐하면 세상에 죽으란 법은 없으니까.

올해 로제와인에선
슬픈 맛이 날지도 몰라

비가 오지 않아 그렇게 애를 태우더니 이제는 비가 그치지 않아 농부의 애간장을 녹인다. 비가 한번 쏟아지기 시작하더니 그치지를 않는다. 날씨가 미쳤다. 폭우가 쏟아지는데 신휘 시인의 포도밭에서 전화가 왔다. 포도나무가 물을 너무 많이 먹어 포도송이가 터지고 있으니 어서 수확해 가라는 것이었다. 자칭 게으른 농부라 하지만, 실제로는 솔직하게 땅과 마주하는 시인의 포도는 이제는 사라져 버린 캠벨다크라는 품종이다. 우리는 이 포도로 신선함이 폭발하는 로제 스파클링와인을 만들어 왔다.

비상 깜빡이를 켜고 기다시피 갔더니 농부가 한숨을 푹푹 쉬고 있다. 그 옆에는 택배를 위한 빈 박스가 가득 쌓여 있다. 원래는 주문받은 포도를 모두 발송한 뒤 2차로 우리가 수확할 예정이었다. 그런데 포도송이가 비를 견디지 못하고 터지기 시작한 것이다.

몇 알씩 터지긴 했지만 싱싱해서 택배를 보내도 될 것 같은데 농부는 소심했다. 남에게 싫은 소리 듣는 것을 못 견디는 성격이다. 밤마다 쏟아지는 폭우에 잠 못 이루고 서성이느라 입술이 다 터져 있었다. 지난겨울부터 가지치기하고 풀 베고 보살피며 약 안 치고 농사짓는다고 갖은 애를 썼는데 올해 농사 헛지은 셈이 되고 말았다. 쭈그리고 앉아 담배만 풀풀 피워댔다. 비가 억수로 쏟아져서 한시도 지체할 수가 없었다. 이 순간을 넘기면 포도는 더욱 나빠질 것이다. 급히 빨간 장화 총각과 근처 친구를 불렀다.

빗소리가 어찌나 요란한지 온 세상이 잠겨 버릴 것 같은 풍경이었다. 물이 한가득 고인 장화를 끌고 다니며 포도송이를 따자니 깊은 물속에서 미역이나 성게를 따는 기분이 들었다. 급하게 부른 친구는 도움이 안 되었다. 두어 양동이 따더니 포도나무 아래 쪼그려 앉아 연방 "아이고" 소리를 냈다.

"니 이래 고생해가 우야노. 돈 주고 술 한잔 사묵지 머 한다꼬 이카는데? 아이고 좋은 시절 다 갔다. 프랑스에서 살지 머할라꼬 한국에 와가지고 아이고……."

주머니에서 다 젖은 담배를 꺼내 불을 붙이려고 애를 쓰더니 안으로 들어가서는 나올 생각을 않는다. 소나기는 등을 때리고 또 때린다. 맞는 건 등인데 웬일인지 가슴 저 안이 찡하니 아프다.

"올해는 워터파크 안 가도 되겠어요!"

혈기 넘치는 빨간 장화 총각이 빗속에서 농담을 하지만 레돔은 대답할 겨를도 없이 포도 상자를 트럭으로 실어 나른다. 시간이 어떻게 흘렀는지 벌써 어두워지기 시작했다. 포도는 보이지도 않고 이제 남은 것들은 어쩔 수 없다!

포도는 서늘한 양조장 어둠 속에서 하루 말리기로 했다. 따놓은 포도 생각에 레돔은 잠을 이루지 못한다. 새벽같이 달려가 착즙기를 돌리기 시작했다. 울트라 대형 사고는 1차 착즙이 끝나 갈 무렵에 일어났다. 착즙기 안에서 고무공이 펑 소리를 내면서 찢어져 버린 것이다. 포도가 아직 신선할 때 착즙해야 하는데 큰일 났다! 수입한 기계가 말썽을 일으키면 사람을 부를 수도 없고 어떻게든 알아서 해야 한다. 레돔은 사색이 되어 기계 부품을 하나씩 풀기 시작한다. 이웃까지 급하게 투입되어 새로운 고무공을 끼우고 쇠막대기를 조립하며, 과연 고쳐질지 두려움을 안고 땀을 한 바가지 흘리며 끙끙댄다. 결국 기계는 고쳐졌고 레돔과 이웃 남자는 뜨겁게 악수를 하며 웃는다.

"이제 착즙기를 새로 만들 수도 있을 것 같아요!"

착즙기 돌아가는 소리를 들으며 미루었던 택배 발송을 하려고 우체국에 갔더니 다음 날이 택배 쉬는 날이라고 한다. 이어지는 연휴까지 겹쳐 거의 일주일이 늦어지게 되었다. 고객들에게 죄송하다는 메시지를 보내면서 나는 왠지 죽을죄를 지은 것만 같다. 미친 비나 좀 그쳤으면 좋겠다고 생각하며 양조장으로 오니 수영장에 들어온 것만 같다. 흐느적거리며 장작개비를 들고 와 난로에 불을 피워 본다. 일렁이는 붉은 불을 보고 있자니 마음이 조금씩 너그러워진다. 젖은 벽과 탁자가 마르기 시작하니 세상이 긍정적으로 느껴진다.

마침 레돔이 착즙을 마친 갓 짠 포도즙을 한 잔 가지고 와 이렇게 말한다.

"올해는 작년보다 당도가 좀 떨어지지만 새콤함은 좀 더 강하네."

즙에서 갓 딴 딸기와 레몬그라스 향이 올라온다. 폭우 속 수확과 착즙기 수리의 그 모든 난리가 거짓말인 듯 포도에서 흘러나온 즙은 상큼하고 평화롭다. 한잔 마시니 이상한 기분이 든다. 사람들은 향긋하지 않은 와인을 용서하지 않겠지만 농부는 안다. 포도는 인간을 위해 늘 상냥하지만은 않다는 것을.

"올해 담근 로제와인에서는 슬픔의 맛이 좀 날 것 같아."

내 말에 레돔이 픽 웃는다.

인생이 내추럴해지는 방법

농부도 가끔은
바다로 가야 한다

여름이 깊어 가니 농부가 하는 이야기가 귓등으로 들린다. 만날 일 이야기, 밭 이야기뿐이다.

'아아, 나무 이야기, 벌레 이야기 정말 듣기 싫다! 제발 다른 이야기를 좀 해봐!'

나는 그렇게 외치고 싶지만 멍하니 듣는 시늉을 한다. 내가 아니면 누구한테 이야기하겠는가 싶어서 참는다. 어제는 밤새 비가 쏟아지니 벌떡 일어나 밭둑이 무너지지 않을지, 습도 때문에 곰팡이병이 번지지 않을지, 어떤 약으로 방제해야 할지, 잠자는 내 귀에 대고 중얼중얼거린다. 귀는 열려 있지만 내 마음은 밭으로부터 점점 멀어져만 간다.

직장 다닐 때 레돔은 휴가만 기다리고, 오직 휴가 계획을 잡는 낙으로 살았다. 그런데 농부가 되더니 이제는 밭에만 붙어산다. 갔다 오면 무슨 일이 있었는지 학교 다녀온 초등학생처럼 이야기한다. 무슨 풀이 얼마나 자랐고, 어떤 벌레가 풀을 얼마나 먹었고, 새들이 똥을 얼마나 누고 갔는지, 멧돼지가 왔는지, 고라니가 몇 시간 전에 똥을 쌌는지…… 이야기는 끝이 없다. 점심을 먹고 나면 성실한 정찰병처럼 후다닥 밭으로 간다. 그리고 밤이면 땀으로 흠뻑 젖어서 돌아온다. 그리고 또 이야기를 시작한다.

"그러니까 아까 벌레 말이야……."

"아아, 그놈의 벌레 이야긴 정말 그만 좀 해줘. 난 그러니까 바다 이야기가 듣고 싶어!"

그는 '바다? 그게 뭐지?' 하는 얼빠진 표정이다.

"일 년 365일, 그 엄청나게 많은 날 중에 사흘도 바다를 보기 위해서 떠날 수 없다면 그걸 인생이라고 할 수 있나? 이건 사는 게 아니야."

봄부터 지금까지 쉬지 않고 일했으니 이제 좀 쉬어야 한다고 했더니 레돔은 할 일이 너무 많아서 아무 데도 갈 수 없다고 한다. 봄에 심은 포도나무도 보살펴야 하고, 벌레도 잡아야 하고, 풀도 베야 한다는 것이다. 제일 바쁜 때에 어딜 가느냐고 말한다. 그는 이제 하루라도 벌레와 풀을 보지 않으면 안 되는 밭 중독 농부가 되어 버린 모양이다.

그렇다면 나는 혼자라도 가야겠다고 짐을 싸니까 할 수 없이 따라나선다. 이렇게 해서 우리는 제주에 갔다. 제주라고 별 재주가 있는 건 아니다. 덥고 무지하게 습했다. 친구 집에서 묵었고 성수기 렌터카는 너무 비싸서 빌리지 못했다. 친구 집 냉장고에는 늙은 오이만 한가득 들어 있었다. 이웃 할머니가 계속 갖다 주는데 늙은 오이는 어떻게 요리해야 하는지 몰라서 이렇게 차곡차곡 쌓여 간다는 것이었다. 이 이야기를 하는 중에 이웃 할머니가 커다란 봉지를 들고 문을 두드린다. 설마 또 오이일까 했는데 또 오이를 들고 오셨다!

일단 오이냉채와 오이김치를 해서 밥을 먹은 뒤 생오이를 가방에 넣고 바다로 갔다. 찰박거리는 바다에서 수영을 하고 나와 돗자리에 앉아서 오이를 먹었다. 친구는 하루 만에 늙은 오이 네 개가 사라졌다고 좋아했다. 다음 날도 너무 덥고 습해서 밖에 나갈 수가 없었다. 집에서 냉장고 안 시원한 오이를 꺼내 냉채를 하고 절임을 해서 비빔밥을 해먹고 놀았다. 그리고 늦은 오후에 오이를 하나 챙겨 바다로 갔다. 수영을 한 뒤 돗자리에 앉아서 오이를 먹었다. 친구는 오늘도 늙은 오이 네 개가 사라졌다고 좋아했다.

세 번째 날에는 레돔이 바다에 왔으니 회를 먹고 싶다고 했다. 요즘에는 한치회가 제철이라고 한다. 반짝거리는 한치회를 한 점 먹으니 파닥파닥 헤엄쳐 다니던 작은 한치의 한때를 떠올리게 했다. 빨리 바다에 가서 헤엄을 치고 싶었다. 한치회를 먹고 나니 한치물회가 나왔다. 다음엔 한치부침개도 나왔다. 잡어조림도 나왔고 마지막엔 성게미역국에 밥을 말아 먹었다. 우리는 집에 가서 한숨 잔 뒤 냉장고에 있는 오이를 몽땅 꺼내 저녁 바다로 갔다. 그리고 헤엄을 쳤다. 다들 한치처럼 팔다리를 흔들어댔다. 팔랑팔랑 흔들 때마다 모든 근심이 녹아내리는 것 같았다. 파도가 모든 나쁜 것을 멀리멀리 데려가 버리는 것 같았다. 나와서 오이를 먹으니 어느 때보다 시원하고 기분이 좋았다.

이래서 우리는 가끔 바다에 가야 한다. 농부도 광부도 택배 배달기사도 모두 꼭 바다에 가서 헤엄을 쳐야 한다. '인간이라면 누구나 여름에 바다에서 일주일'을 법으로 만들고 어기면 감옥에 처넣어야 한다. 물론 바다에 갈 때는 늙은 오이를 하나씩 들고 가면 좋다는 팁도 법으로 정하면 더 좋다.

오늘은 엄마 요리가
필요할 것 같아

　농사짓는 일은 매해 다르지만 특히 어려운 해가 있다. 포도나무를 심기 위해 맨땅에 구멍을 내기 시작하면 내릴 수 없는 기차를 탄 것과 같다. 나무들은 울퉁불퉁한 땅에 뿌리를 내리고 정착하느라 힘들겠지만 인간도 안절부절못하는 시간들을 겪어야 한다. 마르고 닳도록 포도밭에 가야 하고 나무 앞에 무릎을 꿇고 들여다보아야 한다. 나무를 심고 그 나무가 땅에 제대로 정착하여 과일이 열리기까지 긴 시간이 걸린다. 그 열매가 즙이 되고 즙이 와인이 되기까지도 인내와 정성을 요구한다. 하늘이 돕지 않으면 더욱 어려워진다.

　2020년, 농부라면 이 숫자를 잊을 수 없을 것이다. 봄부터 가을까지 순탄한 날이 없었다. 와인병에 2020이 찍혀 있다면 누구라도 주저하지 말고 사줬으면 좋겠다. 맛이 이렇다 저렇다 하지 말고 그냥 꼭 껴안아 주듯이 토닥토닥 마셔 주면 좋겠다. 그건 2020년 자연에 대한 기록이며 농부의 눈물이다.

포도를 딸 때 폭우가 쏟아져 걱정이 태산이었는데 착즙할 때는 착즙기가 펑크가 나서 혼비백산을 했다. 착즙이 하루 늦어졌지만 어찌어찌해서 발효탱크에 무사히 들어가서 한시름 놓는다 싶더니 이번에는 냉각기에 문제가 생겼다. 이런 날씨에 냉각기가 멈추면 올해 와인은 망쳤다고 봐야 한다. 날이 더우면 과일즙은 발효를 일찍 시작해서 빠르게 끝낸다. 그러면 맛이 없다.

포도에 자연적으로 붙어 있는 효모들은 어둡고 서늘한 과일즙 속에서 천천히 움직여야 좋다. 느리게 방귀를 뀌고 싸락싸락 찌꺼기를 뱉어 내야 맛이 깊어진다. 기술자는 매일 변화하는 알코올을 체크하고, 이 모든 것은 긴장되면서도 평화롭게 진행되어야 한다.

그런데 이 찜통더위에 냉각기가 돌아가지 않는다니, 레돔은 탱크 온도를 낮추지 못해 안절부절못한다.

"얘들아 조금만 참아 줘!"

그러나 효모 사전에는 '참을 인' 자 따위는 없다. 레돔은 발효탱크를 뱅뱅 돌다가 머리카락을 쭈뼛 세우며 소리친다. 발효탱크에 전기가 통한다는 것이다. 계속되는 폭우에 온 양조장이 축축하더니 어딘가에서 누전이 되었나 보다.

"와인에 전기가 통하면 어떻게 하지! 효모들이 전기를 받으면 어떻게 하지!"

레돔은 와인 속 효모들이 전기 쇼크로 바보가 될까 봐 팔짝팔짝 뛴다. 바깥은 찌는 듯 덥고 발효탱크 온도는 점점 더 올라간다. 나는 이탈하는 영혼을 부여잡고 급히 수소문해서 전기 기술자를 불러온다. 기술자는 땅과 천장과 벽과 발효통에 전류 검사를 한다.

"온 집 안이 전기로 가득 차 있습니다. 접지가 잘못된 것 같아요."

마스크를 쓴 기술자는 땀을 뻘뻘 흘리며 이렇게 말한다.

"무슨 말씀인지 모르겠지만 고쳐만 주세요!"

결국 기술자는 원인을 찾아내 감쪽같이 온 집 안의 전기를 전깃줄 속으로 쏙 집어넣었다. 엎드려 절이라도 하고 싶었다.

이제는 냉각기 차례가 되었다. 문제는 냉각기가 독일에서 왔다는 사실이다. 고장이 나도 고쳐 줄 독일 기술자가 없다. 프랑스에서 살지 왜 여기 와서 나를 이렇게 고생을 시키는지 모르겠다고, 지금이라도 다 엎고 가면 좋겠다고 했더니 레돔의 눈에서 눈물이 뚝뚝 떨어진다.

나는 혼미해지는 정신을 다시 부여잡고 냉각기 기술자를 수소문한다. 어디에나 고수는 숨어 있나 보다. 잘생긴 청년이 와서 기계를 이렇게 해부하고 저렇게 붙이고 두드린다.

"컴프레서의 압력이 스타트 전에는 7인데 지금은 14가 되었네요. 원래 암페어가 17인데 본류에서는 50암페어로……."

기계를 들여다보며 기술자는 쉬지 않고 설명하지만 나는 무슨 말인지 한마디도 모르겠다.

"제발 고쳐만 주세요!"

하루 내내 얼음물 2리터를 마시며 이리 돌리고 저리 빼고 하더니 이윽고 고쳤다. 미지근하던 발효탱크에 차가운 냉각수가 흐르기 시작했다. 기술자는 마법사다. 아니 하느님이다! 감사합니다, 최고입니다! 끓어오르던 즙이 천천히 진정이 되니 레돔의 얼굴은 정상으로 돌아왔지만 요 며칠 사이 5킬로그램은 빠진 것 같다. 너무 수척해 보인다. 무엇인가 맛있는 것을 해주고 싶다. 시어머님이 아들을 위해 만드시던 그런 음식, 그것이 무엇인지 모르겠다.

마침 밭에서 딴 호박이 있고 그 옆에 파와 감자가 있어 모두 찜솥에 넣고 푹 끓여 수프를 만들었다. 딱딱한 빵도 구워 수프 속에 넣는다. 레돔은 수프 속에서 부드럽게 허물어진 빵을 좋아한다. 수프그릇에 신선한 버터를 한 조각 얹어 주니 레돔은 조용히 숟가락을 든다. 하늘에 계신 시어머니가 며느리의 호박수프를 보고 끄덕끄덕 미소를 지을지, 한숨을 쉬실지 모르겠다. 아마도 미소를 지으실 것이다.

와인이 익어 가는
최고의 계절

"바람이 부니 좀 살 것 같다. 태양이 얼굴을 내미니 이제 숨을 쉬겠네!"

이것은 사람이 아니라 밭에 사는 나무들이 하는 말이다. 그 여름 동안 정말 힘들었다. 어린 시절 엄마에게 가끔 듣던 "삼 년 가뭄은 견뎌도 석 달 장마는 못 견딘다"라는 말을 실감했다. 가뭄도 고통스럽긴 하지만 어떻게든 견뎌 낼 방법을 찾을 수 있는데, 석 달 내리 쏟아지는 비에는 남아나는 것이 없다. 이파리는 녹아내리고 뿌리는 썩는다. 포도나무 이파리들은 노랗게 변해 겨우 숨만 붙어 있고, 발이 쑥쑥 빠져서 마음대로 밭을 돌아다닐 수도 없었다. 농부의 얼굴에 근심을 한가득 주고 살을 5킬로그램 내려 준 여름이었다.

그러나 9월이 왔다. 바람이 불고 해가 났다. 농부라면 이 바람과

빛이 얼마나 귀하고 아름다운 것인지 알 것이다. 내 인생에서 9월이라는 달을 이렇게 특별하게 맞이해 본 적이 있을까. '9월아, 왜 이제 왔니?' 하고 꼭 껴안았다. 농부는 예초기를 짊어지고 사흘 동안 잡초를 벴다. 비에 잘 크는 건 잡초뿐이다. 아니, 또 다른 것이 있었다.

"이건 무슨 풀이지?"

레돔이 묻는다. 벼였다! 작년 겨울에 이웃 논에서 걷어 와 밭고랑 가득 덮어 준 볏짚에 붙어 있던 나락들이 싹을 틔워 석 달 장마에 어찌나 잘 자랐는지 알곡이 탐스럽게 달려 있었다. 레돔은 밀 이삭과 비교하며 벼 이삭을 처음 본다고 신기해했다.

"올가을에 탈곡기를 빌려 벼 수확을 해야겠다!"

농부는 잡초를 벤 부슬부슬한 땅을 밟고 웃는다.

세상에 적당하게 습기를 머금은 폭신한 땅보다 아름다운 것이 있을까? 없다! 잡초들을 베어 눕히니 밭에서 좋은 냄새가 올라온다. 막 베어 낸 풀 냄새보다 더 좋은 향이 있을까? 없다! 우리는 쓰러진 나무들을 세워서 묶고, 포도나무 잎에 붙은 벌레들을 떼어 낸다. 9월의 밭에서 일하는 것보다 더 즐거운 것이 있을까? 없다! 밭고랑을 덮은 잡초 더미 위에 따뜻한 햇볕이 내리쬔다. 그것을 밟고 다니니 온 밭에서 갓 구운 빵을 화덕에서 꺼낼 때와 같은 따끈하고 구수한 향이 올라온다. 이보다 아름다운 풍경이 있을까? 없다!

"이거 한번 마셔 봐."

양조장에 오니 레돔이 8월에 담근 로제스파클링을 한 잔 내온다.

폭풍우를 맞으며 딴 포도를 착즙할 때는 착즙기에 펑크가 나고 발효통에 들어가서는 냉각기가 멈춰 버려 굽이굽이 호랑이를 만났던 술이다.

"아, 너희들 무사하구나!"

잔 속에 찰랑이는 로제 한 모금이 감동스럽다.

'그럼요. 지금이 최고의 기온이에요. 9월은 와인이 익어 가는 계절이거든요!'

장밋빛 술이 이렇게 말하는 것 같다.

한 모금 쭈욱 마셔 본다. 콕콕 강렬하게 쏘면서 한창 일하고 있는 효모향이 진하게 난다. 좋구나! '내 고장 7월이 청포도가 익어 가는 계절'이라면 '양조장 9월은 와인이 익어 가는 계절'이다. 습한 더위를 벗어나 서늘한 계절로 가기 직전의 이 적당하게 좋은 느낌이 술맛에 그대로 스며들면 좋겠다.

레돔은 알코올을 측정하고 산과 당의 변화를 본다.

"아, 이제 안정적이야. 괜찮아."

겨우 한숨을 돌린 표정이 된다. 농사도 하늘이 도와야 하지만 와인도 하늘이 도와야 한다. 하긴 하늘이 도와야 하는 것이 어디 이뿐이랴. 요즘은 엄마 생각이 자주 난다. 아침에 일어나면 가장 먼저 장독대에 찬물 떠놓고 절하는 것으로 하루를 시작하는 여인이었다. 산에 갈 때도 입구에서 산에게 합장 절부터 하고 나올 때도 절을 했다. 밭에서 호미질하다 멈추고 하늘에 대고 요청하기도 했다.

"하늘님 이제 비 좀 내리 주이소."

엄마의 그 마음을 이제야 알겠다.

요즘은 나도 그렇다. 밭에 가면 합장은 아니지만 내 방식대로 인사를 한다.

"안녕, 하늘아. 잘 좀 봐주라, 응? 응?"

내 기도 덕분인지 올여름은 그럭저럭 저물었다. 참 잘 견디었다. 이제 와인이 익기만을 기다리면 된다. 세상에 와인이 익어 가는 이 계절보다 좋은 달이 있을까? 없다!

과일 껍질에 붙은
야생효모는 와인의 영혼

"술은 일 년에 몇 번 만드세요? 한 달에 몇 병씩 만드세요?"

이런 질문을 하는 사람들이 있다. 매달 수천, 수만 병 만들어 낼 수 있는 술들도 있지만 내추럴와인은 일 년에 단 한 번만 만든다. 수확하는 그때를 놓치면 술을 담글 수 없다. 껍질에 붙은 효모로 발효하는 술은 과일 자체의 신선함이 중요하다. 야생효모는 갓 수확했을 때 가장 많이 붙어 있고 힘이 좋기 때문에 이 타이밍을 놓치면 안 된다. 효모가 얼마나 반짝반짝 혈기 왕성하냐에 따라 술의 향과 맛이 달라진다. 껍질 효모로 와인을 만드는 내추럴와인에서는 '효모는 과일주의 영혼'이라고 말을 할 정도다.

사과밭을 빌려 농사를 지은 첫해에 우리는 풋사과로 술을 담갔다. 사과가 하나둘 병들기 시작하자 못된 것들이 다른 나무로 옮겨 붙기 전에 풋사과지만 죄다 따버렸다. 풋사과를 착즙해서 발효탱크에 넣을 때는 서러운 기분이 들었다. 팔지도 못할 술을 위해 일 년 내내 밭일을 한 것이다. 풋사과향은 새콤하고 신선했지만 당이 너무 낮아서 알코올 도수를 올리기 힘들었다. 두 번째 해 또한 마찬가지였다. 우리는 임대한 밭을 포기했다. 우리 땅을 매입했고 많은 나무를 심기 시작했다.

사과나무와 포도나무를 심어 자라는 동안 우리는 사과를 이웃 농가에서 구했다. 충주는 사과가 많고 바로 이웃에 유기농으로 사과 농사를 짓는 분이 있어 거기서 구매를 했다. 너무 작거나 색이 나지 않거나 못생긴 것들, 어떤 모양이라도 와인을 만드는 데는 문제가 없다. 썩은 것만 아니면 괜찮다. 좀 허술하지만 잘 익은 유기농 사과를 구입할 수 있어 얼마나 다행인지 몰랐다.

착즙하는 날은 양조장 일 년 중 가장 중요한 날이다. 이날을 망치면 일 년 술을 망치게 된다. 착즙 날을 앞두고 레돔은 예민해진다. 생명역동농법 달력에서 열매에게 좋은 날을 받아 두고, 착즙 기계를 손보고 발효탱크들을 소독하고 깨끗이 씻는다. 주말이면 사람 구하기가 쉬운데 열매에게 좋지 않은 날이라 주중으로 잡았다. 도와줄 사람이 있는 주말에 하자고 해도 씨알이 안 먹힌다. 결국 사람을 구해야 하는 것은 내 몫이다.

레돔은 대체로 혼자서 일하지만 사과를 착즙할 때는 다른 사람의 도움이 필요했다. 사과 궤짝을 들어 물속에 쏟아붓고 씻어서 건져 낸 뒤 분쇄하고 착즙해서 발효탱크에 넣는 일은 혼자 하기에는 거칠고 힘든 작업이다. 첫해에는 레돔과 나 둘이서 사과를 따고 착즙을 했다. 힘든 것보다 무척 고독한 느낌이 들었다. 술은 즐거움을 위한 것이니 만드는 과정도 축제처럼 행복했으면 싶었다.

우리 일이라면 만사 제쳐 놓고 달려오는 빨간 장화 총각 기홍이 번쩍 손을 흔들었다. 친구까지 셋을 데리고 왔다. 무슨 일을 하는지도 모르고 와이너리니까 맛있는 술을 잔뜩 먹을 수 있겠지, 하고 왔을 텐데 곧장 은색 앞치마를 두르고 장화를 신고 고무장갑을 끼고 완전무장을 했다. 세척통에 찬물을 채우고 사과 궤짝을 들어 쏟아부었다. 동그랗고 빨간 과일들이 사람 손 사이를 빠져나와 물속에서 도르륵 굴러다니며 씻긴다.

'사과야, 황금 사과야. 길고 긴 일 년을 참 잘도 견디었구나. 너를 예쁘게 잘 씻어 줄게.'

어떤 것들은 기미를 덮어썼고 어떤 것들은 검은 반점이 있고 어떤 것들은 새가 쪼아 먹어 못생겼지만, 사과를 씻는 동안 우리는 못난이들 하나하나와 사랑에 빠져 버렸다. 빨간 장화와 청년들은 일하는 중에도 쉬지 않고 웃고 떠들고 장난쳤다. 차가운 물에 떠다니며 때를 벗는 사과도 호호, 깔깔 웃으며 굴러다니는 것 같았다.

"올해 시드르는 청춘의 맛이 날 것 같아."

레돔이 말했다. 코끝이 빨갛게 되어도 그들은 안에 들어오지 않고 밖에 피워 놓은 장작불 앞에 서서 불장난을 했다. 레돔이 시드르를 한 병 들고 나왔다.

"이건 이 년 전 풋사과로 담은 시드르야."

우리를 슬픔에 빠지게 했던 풋사과시드르다. 뜨거운 장작불 앞에서 다들 술을 한 모금씩 마신다.

"어, 이거 굉장히 독특한데요?"

기홍이 이렇게 말한다.

"음…… 어쩌면 내년까지 숙성을 시키면 좀 더 나아질 것도 같아."

레돔이 대답했다. 병 속에서 이 년 숙성된 풋사과시드르는 뭐라고 표현할 수 없는 묘한 맛이 났다. 풋사과를 깨물었을 때의 풋풋함과 쌉쓰레하고 떫은맛이 발효의 시큼한 맛과 묘하게 어울려 아련한 깊이가 느껴졌다. 병 속에서 생긴 천연 기포가 톡톡거리며 발랄하게 올라왔다. 풋사과를 딸 때 쉬었던 우리의 한숨을 위로하는 듯해 왠지 사랑스럽다. 사연 많은 풋사과는 마시면서도 끝없이 이야기를 하게 만들었다.

"자, 그럼 다시 시작해 볼까!"

겨울 해는 너무 짧다. 불 앞에서 노닥이다 보면 금세 어두워져 사과를 씻을 수 없다. 한쪽에서 사과를 씻는 동안 다른 한쪽에서는 분쇄가 시작된다. 번쩍 궤짝을 들어 분쇄기에 사과를 집어넣는 순간 양조장은 콕 쏘는 달콤한 사과향이 진동한다. 분쇄된 사과는 착즙기에 한가득 채워져 싱그러운 소리를 내면서 즙이 되어 발효탱크 안으로 흘러들어 간다. 레돔은 첫 번째 즙을 받아 색깔을 보고 향을 맡는다.

"음, 괜찮군. 신선하고 향긋해."

지금은 풋풋하고 건전한 사과즙이지만 언젠가는 인간의 심장을 따뜻하게 풀어 줄 한 잔의 술이 되겠지. 그러기 위해서는 아직 한참 기다려야 한다. 겨울 동안 긴 발효의 시간을 거치면서 효모들은 쉬지 않고 당을 먹고 방귀를 뀌고 술을 만들어 갈 것이다. 레돔은 아침저녁으로 탱크갈이를 하고 효모의 꽁무니를 따라다녀야 할 것이다. 악당 효모라도 나타나면 술통을 다 망쳐 버릴 수 있기 때문에 세심하고 다정하게 안부를 물어야 한다. 다음 해 봄이 되어 병입을 하면 2차 발효가 시작되고, 병 속 찌꺼기를 제거한 뒤 코르크를 막은 뒤 다시 3차 발효를 거치면 숙성의 긴 시간을 지나 다음 해 겨울이 되면 마실 수 있을 것이다. 적어도 일 년을 기다려야 완성되는 술이다.

착즙하고 난 뒤 사과 찌꺼기는 마당 한구석 퇴비 더미 옆에 쌓고 그 위에 낙엽 이불을 수북이 덮었다. 발효통 속 사과즙이 술이 되는 동안 그 찌꺼기는 마당에서 낙엽과 함께 잘 삭아서 내년에 다시 땅으로 돌아갈 것이다. 무엇 하나 놀고 있는 곳이 없는 양조장의 겨울이다.

보글보글한 자연 방귀의 맛을
보여 주고 싶군

"이제야 발효를 시작했군."

레돔이 발효탱크에서 사과즙 한 잔을 받아 왔다. 지난달 착즙해서 발효탱크 안에 넣은 사과즙이 '꿈틀'하더니 이윽고 방귀를 뀌기 시작했다. 노랑색 액체에 방울방울 가스가 올라오고 있었다. 호호깔깔 청춘들이 볼이 빨개져서 씻고 착즙한 뒤 발효탱크 한가득 채우고 떠난 뒤 꼭 한 달 만이다. 발효실 문을 열 때마다 콕 쏘는 사과 냄새와 청춘들이 남기고 간 웃음소리가 미묘하게 살랑거렸다.

"그냥 사과를 짓이긴 즙이었는데 이렇게 술이 되어 가다니 정말 신기해."

과일 속 당이 알코올이 된다는 걸 알지만 나는 매번 그것이 신기했다. 무엇보다 사과를 착즙한 뒤 아무것도 넣지 않고 그냥 두었는데 사과 살이 두둥실 떠오르고 그것을 걸러서 맑은 즙을 그대로 두면 보글보글 발효를 시작하는 것이다. 어디에 숨어 있던 효모들이 이렇게 나타날까.

"사과 껍질에는 원래 야생효모가 잔뜩 붙어 있어. 우리 인간의 얼굴과 성격이 가지각색이듯 사과에 붙은 효모도 각자 생명을 가지고 있고 성격이 다 달라. 과일을 착즙하면 효모들은 차가운 즙 속에 웅크리고 있으면서 조용히 삶의 순간을 모색하지. 긴 한파에 천천히 적응하고 정신이 들면 사과 속 당을 먹기 시작해. 먹고 나면 방귀를 뀌고 알코올을 뱉어 내고 수억의 다른 효모 새끼들을 만들어 내고 죽지. 사과즙이 든 발효통은 야생효모들의 마을과 같은 거야. 효모 수가 너무 불어나면 바닥에 수북하게 깔린 효모를 빼내 주는 작업을 해서 효모 숫자를 줄여야 해. 그렇게 해서 또 천천히 발효를 계속하게 하는 작업은 인간의 일이지. 그냥 두면 1개월 만에도 발효가 끝나 버려. 이렇게 수많은 효모가 태어나고 죽으면서 다양한 효모들의 성향만큼 뱉어 내는 가스의 맛과 향이 달라지고 결국엔 와인의 맛도 달라지지."

효모가 뀌는 이 보글보글한 방귀 맛은 정말 오묘하다. 한 모금 마시면 누구나 이렇게 말하게 된다.

"이거 뭐지? 정말 맛있잖아!"

방귀가 입안에서 톡톡 부서지면서 목구멍을 타고 내려가면 우울한 기분이 사라진다. 가볍게 살아 있는 생명체가 내 입안에서 식도를 타고 내려가며 귀엽게 말을 건네는 것만 같다. 그런데 이 맛과 느낌은 붙잡아 둘 수가 없다. 오늘은 어제의 맛이 아니고 내일은 오늘의 맛이 아니다. 이 순간만의 맛이다. 술로 완성되었을 때는 또 다른 맛으로 태어난다.

레돔은 이 보이지 않는 효모들을 살아 있는 인격체처럼 대한다. 너무 추울 때는 얼어 죽지 않도록 낮게 난로를 피우고, 여름엔 더워서 기절하지 않도록 냉방기를 돌린다. 어둠 속에 웅크리고 단꿈에 젖은 효모들이 놀라지 않도록 작업장 문을 조심스레 열고 닫는다.

"와인 속 효모들은 각기 자기 삶을 살아. 인간은 그냥 효모가 하는 대로 따라가며 탱크갈이나 할 뿐이지. 언제 발효를 끝낼지, 당을 얼마나 남길지, 알코올 도수는 몇 도가 될지. 이건 모두 효모 마음이야. 그러니까 올해 와인 알코올 도수가 몇 도일지는 아무도 몰라. 그런데도 알코 도수부터 정하라는 한국의 주류법은 정말 이해를 할 수 없단 말이야."

한국에서는 와인 제조 허가를 받을 때 알코올 도수를 먼저 정해야 한다는 법이 있다. 설탕이나 효모를 첨가하고 살균하는 등 인간이 컨트롤하는 제조 방식에서는 도수를 인위적으로 정할 수 있다. 그러나 자연 방식으로 발효할 경우에는 이를 정확히 알 수 없다. 내추럴와인에서 알코올 도수를 미리 정하는 건 불가능하다. 알코올은 인간이 정하는 것이 아니라 효모의 일이기 때문이다. 매해 과일의 맛과 당도는 조금씩 다르다. 당연히 알코올 도수도 조금씩 달라지고 맛도 다를 수밖에 없다. 언제나 같은 맛의 와인, 같은 도수를 원하면 내추럴와인을 만들 수 없다. 화학적인 방법을 쓰면 가능하다.

와인 제조 허가를 받을 때 알코올 도수부터 먼저 정해야 하고, 그렇게 정한 알코올 도수와 다르게 나오면 그 술은 불법이 된다는 사실을 알았을 때 레돔은 엄청난 충격을 받았다. 대부분의 양조장에서는 정해 놓은 알코올 도수에 맞추기 위해 과일즙에 설탕을 넣는 방식으로 발효를 한다. 그리고 일정 도수가 되면 살균을 하거나 방부제를 넣어 더 이상 효모가 움직이지 못하도록 한다. 이런 방식은 와인의 질을 하락시키는 굉장히 후진적인 주류법이다. 레돔은 내추럴와인이라면 알코올 도수가 조금 달라져도 받아들이도록 주류법을 바꿔야 한다고 하지만 법을 내가 바꾸나?

"콕 쏘긴 하지만 아직은 사과주스다. 아직 한참 더 가야 하겠는데."

갓 발효를 시작한, 자연 방귀가 터지는 사과즙을 맛보는 것은 양조장의 특권이다. 이곳이 아니면 맛볼 수 없고 이 순간이 지나면 더 이상 같은 맛이 아니다. 그는 매일 아침 살며시 발효실 문을 열고 즙을 받아 와 나에게 내민다. 올 겨우내 나는, 한파에 청춘들이 착즙한 사과즙이 술이 되어 가는 모든 순간을 맛볼 수 있을 것이다. 애주가들이 탐내는 한자리를 차지한 것이다.

잠든 로제와인을
흔들어 깨우는 계절

눈이 오고 다음 날 물이 얼었다. 땅도 얼었다. 12월이다. 이제 땅은 인간이 자신을 만지는 것을 허락하지 않는다. 비로소 농부도 일에서 풀려났다. 아이고 겨울 아저씨, 감사합니다! 봄부터 늦가을까지 쉬지 않고 돌아가던 밭일에서 벗어나 따뜻한 아랫목에서 뒹굴며 게으름을 부릴 수 있게 되었다. 그런데 그럴 처지가 아니다. 농사일에서 놓여나니 그동안 미루었던 양조장 일이 줄을 서서 기다리고 있다. 일 년 중 가장 중요한 일인 사과시드르 발효탱크를 돌봐야 하는 것이다. 발효 정도를 체크하고 탱크갈이를 하고 빈 탱크를 씻고 소독해야 한다. 그전에 장작을 좀 패야 한다.

깊은 잠에 빠진 로제와인과 화이트와인병을 흔들어 깨우는 일은 때를 놓치면 안 된다. 지난여름 작업한 로제는 병 속에서 발효를 계

인생이 내추럴해지는 방법

속해 탄닌과 함께 찌꺼기가 가득 내려앉아 있다. 딱딱한 찌꺼기를 잘게 부수어 뽑아내야 와인 빛깔이 곱고 맛도 향긋하다. 한 병 한 병 찌꺼기 상태를 체크해 돌리고 흔들기 시작한다. 돌리고 흔들고 보고, 돌리고 흔들고 보고, 또 흔든다. 굵직하게 붙어 있던 찌꺼기들이 부서지면서 병목으로 내려온다. 병에 붙은 효모 찌꺼기와 탄닌은 쉽게 부서지지 않는다.

"신선한 내추럴 로제스파클링을 위해서라면 내 팔이 떨어져도 상관없어"라고 말하며 시작했지만, 백 번째 병을 흔들 때면 온몸에 쥐가 나고 정신이 혼미해진다. 이렇게 흔들어서 병목으로 내려온 효모 찌꺼기를 뽑아내는 데고르주망 작업을 한 뒤 코르크로 뚜껑을 닫고 철사로 꽁꽁 묶어 두면 일단 사람이 할 일은 끝이 난다. 그러나 병 속 효모는 계속해서 숨을 쉬며 살아 있다.

이런 방식으로 만드는 내추럴 스파클링와인 제조 방식을 펫낫(pét-nat, pétillant naturel의 줄임말) 방식이라고 한다. pétillant은 탄산수 등이 탁탁 방귀 소리를 내며 거품이 이는 것을 말하고 naturel은 내추럴이라는 뜻이다. 다시 말해 자연적인 발효 방식인 셈이다. 처음 발효를 시작할 때 첫 방귀를 뀐 뒤 효모는 끝없이 죽고 태어나면서 술이 되어 병에 들어간다. 병에 들어가서도 미미하게 남은 과일당을 먹고 마지막까지 자연 방구를 뀌며 자연 탄산을 빵빵하게 만든다. 그러니까 우리가 스파클링와인을 마신다, 라고 할 때는 효모가 마지막으로 병 속에서 뀌는 안정화된 방귀를 마시는 것이다.

어느 순간 레돔은 "아, 찬바람 좀 쐬야겠어!" 하고 벌떡 일어나 밖으로 나가 큰 숨을 들이쉰다. 그의 휴식 시간은 양조장 뒷길을 걸어가며 나무들을 살펴보고 이웃 밭들을 보는 것이다. 콩 농사를 짓던 밭과 고추 농사를 짓던 밭, 들깨 농사를 짓던 밭이 모두 비어 있다.

"땅들이 배고프다고 하네."

그는 작물이 뽑혀 나간 빈 땅을 내려다보며 말한다.

"땅도 배가 고파? 땅이 그렇게 말하고 있어? 땅의 말도 들어? 바람의 말도 듣겠네."

그가 땅에 대해서 말하기 시작하면 나는 괜히 신경이 날카로워진다. 뭘 또 트집 잡으려고 저러시나. 그는 프랑스에서 있었던 흥미로운 실험 이야기를 해준다. 식물이 정말 다른 식물과 교신을 주고받는지에 관한 것이다. 숲속 전나무에게 붉은 설탕을 섭취하게 했는데 똑같은 설탕 성분이 근처 밀밭의 밀에서 발견되고, 특히 들장미 담장이 있는 곳에서는 이런 교환이 더욱 잘 이루어졌다고 한다. 그러니까 전나무와 밀이 들장미 우체국을 거치면서 그들만의 이야기를 주고받는다는 것이다. 식물들은 땅속에 뿌리를 길게 뻗어 수많은 박테리아와 작은 버섯 들을 활용해 저 멀리 다른 나무들과 물물교환도 하고 사연도 주고받는다. 인간은 이런 사실에 새삼 놀라지만 실제로 인간의 언어가 있기 이전 태곳적부터 식물들은 땅속에서 수다스럽게 이야기를 주고받았다.

"땅도 인간이랑 다를 게 없어. 이런 콩밭은 겨울에 밀이나 보리를 뿌려 주면 좋을 텐데. 한 가지 작물만 계속 심는 것보다 여러 작물을 심으면 땅이 훨씬 건강해져. 다른 종류의 풀들을 심으면 뿌리의 길이나 볼륨이 다르기 때문에 붙어사는 박테리아나 지렁이 종류가 달라지고 땅에 보슬보슬 숨구멍이 생겨서 좋아. 뿌리의 길이가 다르니까 물을 빨아들이는 방식도 달라서 건조기나 장마에 잘 활용할 수 있지. 식물들도 여러 종류가 어울려 살 때 훨씬 행복감을 느껴.”

이런 이야기가 시작되면 그를 막을 수가 없다. 바람이 불어 콧물이 주르르 흐르는데도 남의 빈 콩밭에 쪼그리고 앉아 이야기가 끝이 없다. 농부라는 직업이 나무를 키우는 것인지 땅을 키우는 것인지 모르겠다. 농사를 지으면 공부 같은 건 필요 없을 줄 알았는데 주경야독 공부가 끝이 없다.

“여러 가지 음식과 과일을 다양하게 섭취할 때 더 건강해지잖아. 땅도 마찬가지고 동물도 마찬가지야. 실제로 소에게 그런 실험을 했대. 한 가지 사료만 먹은 소와 50여 가지 풀이 자라는 들판의 풀을 뜯어먹은 소의 우유를 비교했더니, 여러 가지 풀을 먹은 소의 우유 양이 50퍼센트 더 많고 영양분도 훨씬 좋게 나왔어. 그러니까 땅에 다양한 식물을 심는 것이 좋아.”

땅 이야기에 빠지면 이야기가 꼬리를 물고 나와 시간이 어떻게 가는지 모른다.

“아이쿠, 벌써 밤이 오고 있잖아. 빨리 들어가서 로제와인을 흔들어 깨워야지!”

충주의 태양과 바람이 봉인된
한 병의 와인

대형 마트에 갔더니 레드와인 한 병이 3,900원에 판매되고 있었다. 와인을 만드는 사람으로서 어떻게 저 가격이 가능한지 너무 궁금했다. 맛도 궁금했다. 그냥 버릴 생각으로 한 병을 사왔다. 뚜껑을 열기 전에 우리는 먼저 원가 계산부터 해보았다. 원산지는 스페인이었다. 스페인 어디인지는 알 수 없고 만든 해도 적혀 있지 않았다. 유럽 와인 대부분은 기본적으로 포도 생산지와 만든 해를 표시한다. 그렇지 않은 경우에는 여러 곳에서, 여러 해에 걸쳐서 난 여러 가지 포도와인을 섞어서 만든 것이다.

"와인병과 코르크 뚜껑, 상표를 최저 비용으로 잡고 스페인에서 한국까지 오는 물류 비용, 통관 비용, 주세, 창고, 그리고 각 마트로 진열될 때까지의 비용만 합쳐도 병당 3,900원은 넘을 것 같은데."

아무리 따져도 어떻게 가능한 가격인지 모르겠다. 겨울 가지치기부터 시작해서 농사짓는 노동력, 포도를 딸 때 기계로 훑어가는 방식으로 했을 때의 비용, 탱크에 넣어 발효와 숙성을 하는 시간적 비용까지 덧붙이면 가격에 대한 의문은 미스터리에 가깝다.

"일단 맛을 한번 보자고."

코르크 뚜껑을 열어 맛을 보았다. 놀라웠다. 쓰레기일 것이라고 생각했는데 맛이 괜찮았다. 우리는 멍하니 와인 한 잔을 다 마셨다. 뭐라고 말해야 할지 알 수 없었다. 이런 맛의 와인을 말도 안 되는 가격으로 팔아 버리다니. 스페인 첩첩산중 어딘가의 농부에게 돌아갈 몫이 있는지 모르겠다. '득템'이라며 열 병씩 사 들고 가는 사람을 비난할 생각은 없다. 그냥 조금 서글픈 마음이 들 뿐이다.

우리는 지역의 식당이나 카페, 마켓에 술을 거래할 생각을 하지 않는다. 우리 술은 도매가가 비싸기 때문에 식당에서는 별 수익이 없다. 공장에서 대량생산한 술은 도매가도 낮고 이런저런 선물도 많다. 지역의 작은 술 공방들은 '1+1'이나 잔, 병따개 같은 것들을 선물로 돌릴 여력이 없다. 이름 없는 지역의 술을 판매하기 위해서는 식당 주인의 지역에 대한 무한한 애정이 있어야만 된다. 이윤만 생각할 때는 불가능하다. 그런데도 나는 메뉴판에 지역의 술을 모두 올려놓는 카페 주인을 상상하곤 한다. 무한한 애정으로 이렇게 말하는 사랑스러운 사람.

'이 술 한번 드셔 보세요. 이 한 잔으로 충주를 고스란히 느낄 수

있을 겁니다!'

레돔의 고향인 프랑스 알자스의 식당 와인 리스트가 그렇다. 와인 리스트 70퍼센트 이상이 알자스와인으로 이루어져 있다. 식당 주인의 자기 지역 술에 대한 애정도 있지만 소비자들이 자기 지역에서 나는 술을 더 원한다. 알자스에서는 모두 알자스와인만 마시고 싶어 한다. 마찬가지로 노르망디에 가면 모두가 노르망디시드르만 마시기를 원한다. 알자스와인이 가장 많이 팔리는 것은 알자스 지역이고, 노르망디시드르가 가장 많이 소비되는 곳은 노르망디다. 정말 좋은 알자스와인은 알자스에 가야만 마실 수 있다. 그게 참 좋았다. 알자스에서 알자스와인을 마시면 알자스를 통째로 알아 버리는 기분이 들었다.

마트도 마찬가지다. 엄청난 양의 지역 와인을 따로 진열해서 판매한다. 와인뿐만 아니라 알자스의 특산품인 돼지 훈제 넓적다리와 쇠고기 소시지, 뮌스터 치즈, 알자스 과자, 알자스 스파게티, 알자스 식초 같은 먹을거리뿐만 아니라 그릇과 행주 등 지역의 수많은 물건으로 채워져 있다. 알자스에서 돌아올 때는 트렁크 가득 온갖 알자스 술과 음식과 물건 들로 채워진다.

우리는 아직 가야 할 길이 먼 듯하다. '너무 비싸잖아!', '맛도 없네!', '너무 볼품없잖아', 이렇게 말하긴 쉽다. 농산물은 때로는 비싸고 때로는 맛이 없다. 공장에서 만들어 내는 물건들은 늘 일정하지만, 태양과 바람과 비로 만들어지는 농산물이 늘 맛있을 수는 없다. 그래도 지역 농산물의 가치를 이해하고 애정을 가져 주면 좋겠다. 싸다고, 크다고, 빛깔이 좋다고 좋아하는 것을 뭐라 할 수는 없지만, 돈의 가치만 따지는 소비는 아무 발전이 없다. 점점 더 대량생산의 종이 되고 소량으로 생산하는 농부들은 모두 사라지고 볼품없는 소소한 품종의 농산물 또한 찾아보기 어려워질 것이다. 크고 잘생긴 것만 남고 모두 사라질 수도 있다. 조금 모자라지만 더 많이 사랑해 주면 안 될까? 그 사랑으로 농부는 이것저것 다양하게 심어 볼 용기를 얻게 된다. 그렇게 해서 우리는 또 생각지도 않은 맛을 알게 되고 땅 또한 다양한 식물이 자라는 품이 되어 더 건강해진다. 부족할 때 머리를 쓰다듬어 주는 손길로 우리는 낭만적인 사람이 될 수 있다.

한병의 내추럴와인을 만드는 과정 (펫낫 방식)

② 이 사과에는 밭에 사는 수많은 야생효모들이 잔뜩 묻어 있죠.

① 가을, 농부가 사과를 땁니다.

⑦ 병 속에서 2차 발효를 하며 찌꺼기들이 생깁니다.

⑥ 봄, 발효가 거의 끝나 갈 즈음 병입을 합니다.

⑧ 여름, 병목에 모인 찌꺼기 제거작업을 합니다.

팻낫(pét-nat) : 내추럴 스파클링와인을 만드는 기법. pét은 탄산이 방귀 소리를 내며 거품이 이는 것을, nat은 내추럴을 뜻한다.

③ 사과를 분쇄한 뒤 부드러운 공기압축기로 즙을 짭니다.

④ 겨울, 탱크에 들어간 즙 속의 야생효모들이 천천히 발효를 시작합니다.

⑤ 겨울 내내 탱크갈이를 하고 시드르가 되는 전 과정을 체크합니다.

⑨ 찌꺼기를 제거한 뒤 코르크로 막고 철사로 꽁꽁 봉인합니다.

⑩ 가을, 이윽고 사계절이 그대로 봉인된 천연 스파클링 와인이 완성되었습니다.

⑪ 3차 병 속 발효를 하며 어둡고 서늘한 곳에서 사각사각 숙성의 시간을 가집니다.

와인은 익어 가고
우리는 살아남았다

"이제 내 초등학교 동창생은 여섯 명 남았다. 모두 스물넷이었는데 말이다! 작년에 셋 떠나 버리고, 하나는 지금 병원에서 불려 갈준비 중이야. 내 예감인데 내년 새해에 나는 여기 없을 것 같다. 그리고 새해 별자리 운세를 봤는데 올해 너희는 무척 바쁠 거라고 하는구나. 올해도 얼굴 보기 어렵게 되었다."

새해가 되어 시아버님이 전화를 하면서 이렇게 말씀하셨다. 우리는 웃음을 터뜨렸다.

"올해 돌아가실 것을 이미 알고 있다고요?"

"아이고, 아버님!"

우리가 이곳에 와 있는 동안 아버님은 점점 빠르게 늙어 가는 것같다. 그러나 우리에게는 아버님의 어두운 귀와 허약해지는 호흡과 심장을 걱정할 겨를이 없다. 프랑스를 떠나 한국에 정착한 지 삼 년 차, 많은 일을 했고 올해도 바쁠 것이라는 것, 운세를 보지 않아도 이미 알고 있다.

레돔이 농부가 되어 와인을 만들겠다고 직장을 그만두었을 때 우리는 그 출발지를 한국으로 선택했다. 나의 이유는 단순했다.

"이제 프랑스에서 작은 동양 여자로 늙어 가는 게 싫어. 프랑스어를 쓰는 것도 싫고. 이제는 똑같이 생긴 사람들 틈에서 같은 언어를 말하면서 살고 싶어."

그런데 이제 레돔이 다르게 생긴 사람들 속에서 다른 언어를 쓰면서 사는 처지가 되었지만 그는 상관하지 않는다.

"난 괜찮아. 농사만 지을 수 있으면 어디든 좋아."

각자 소원한 것이 달랐지만 우리는 새로운 인생을 살기 위해 한국에 정착했다. 몇 년이 어떻게 돌아갔는지 모르겠다. 레돔은 사과밭을 빌려 밤낮으로 농사를 짓고 와인을 만들었다.

와인은 아무나 만들 수 있는가? 주류 허가를 받기까지의 서류란 곡괭이 하나 들고 맨땅에서 석탄을 캐내야 하는 미션과 같았다. 길고 긴 서류 허가의 기간이 끝났다고 술이 만들어지는가? 와인 제조에 필요한 온갖 기계를 수입해야 했다. 나에게 수입은 아마존 하류 어디에서 소쿠리 하나 들고 사금 쪼가리를 찾겠다는 나선 것과 같았다. 너무 낯설고 힘들었다. 착즙기 같은 큰 물건은 물론 와인병이나 코르크 뚜껑, 조그만 뮈즐레(코르크를 조이는 철사)까지 유럽에서 수입해야 했다. 지금도 뭔가를 수입해서 세관을 통과할 때는 가슴이 벌렁거린다.

"폐기 처분하거나 다시 돌려보내야 합니다."

이런 말이 제일 무섭다.

지난해 찍은 레돔 사진을 보면 온통 일하는 모습뿐이다. 사람들은 코가 길쭉한 곱슬머리 외국인 노동자를 안쓰럽게 본다. 그의 농사법은 왜 그리도 고달파 보이는지, 그의 와인 만들기는 어찌 그리도 일이 많은지, 그는 매일 밤 푹 쓰러져 곯아떨어졌다. 레돔의 코고는 소리를 들으면 나는 오히려 평화로워진다. 그래도 코를 골면서 꿀잠을 자니 참 다행이다 싶다.

한 병의 와인, 그렇게 땀과 정성으로 만들고 나면 끝인가? 마케팅, 팔아야 한다. 나는 평생 그런 일을 해본 적이 없다. 가장 큰 문제였다. 충주 어느 작은 동네에서 소신껏 와인을 만들고 있는 한 프랑스 남자, 가끔은 죽도록 일하는 이 남자의 작은 와인을 어떻게 알려야 하는지……. 고민하는 사이에 삼 년이 지났다.

올해도 새로운 와인이 술탱크 가득 출렁거리며 뽀스락뽀스락 익어 가고 있다. 레돔은 아기처럼 보살피며 저 술이 지난해보다 더 잘 익기를 기도한다. 우리의 사계절이 고스란히 담긴 술이다. 지난봄과 여름 동안의 농사와 겨울 착즙, 그리고 다가올 여름과 가을 동안의 숙성 시간이 지나면 한 병의 와인으로 완성된다. 그때는 어떤 맛일지, 뚜껑을 여는 순간 펜팔로 오랜 우정을 나누던 친구를 비로소 만

인생이 내추럴해지는 방법

나는 느낌이랄까, 약간의 기대와 두려움, 행복감, 복잡한 감정이 올라올 것이다. 한 모금 마실 때 기대한 맛이라고 느껴지는 순간 비로소 미소 지을 수 있다. 지난해의 비와 햇빛과 바람, 농부의 땀에 대한 기록, 자연과 인간의 숨결이 봉인된 한 병의 술이 되어 줄 날을 기다린다.

"당신 이렇게 고생하는데 그래도 직업을 바꾼 거 후회하지는 않아? 그냥 월급 또박또박 나올 때가 좋지 않았어?"

레돔은 후회하지 않는단다. 의미 없는 일을 하며 월급 받을 때보다 무언가를 창조하고 있는 지금이 좋단다. 죽도록 일해도 좋단다. 그렇지만 나는 잘 모르겠다. 남자가 벌어 주는 돈으로 집안을 반짝반짝 청소하고 식단을 짜고, 찻집에 앉아 책이란 것을 읽던 시절이 실재했던 일인지, 단꿈처럼 아득하다. 레돔은 지금이 좋다지만 나는 가끔 잠을 설친다. 우리는 제대로 가고 있는 것일까, 미래에 굶어 죽지는 않을까……. 어찌 되었거나 지금 우리는 죽지 않고 살아남았다. 이것만으로도 얼마나 고마운지!

아버님이 본 운세대로 우리는 올해도 바쁠 것이다. 밤이면 인생이 어떻고 미래가 어떻고 생각할 겨를도 없이 코를 골며 곯아떨어질 것이다. 잠으로 한껏 충전된 아침이면 레돔은 휘파람으로 새들을 불러 모아 해바라기 씨를 한가득 준 뒤 일을 시작할 것이다. 새들도 잘 살 것이고, 우리도 별일 없이 잘 살 것이다.

우리는 전화기가 부서져라 새해 인사를 외친다.

"아버님, 우리가 시간 나서 자주 만날 수 있을 때까지 오래오래 사셔야 합니다! 내년에는 꼭 뵈러 갈게요!"

인생이 내추럴해지는 방법

제4장

노래하는 땅으로
일구다

레돔은 지치지 않는다.

평생 처음으로 자기 이름의 땅을 가진 남자란 저런 것일까.

매일 일해도 지겹지 않고 매일 일거리가 생겨도 사랑스럽고,

매일 봐도 새로운 미래를 떠올리고 꿈을 꾼다.

어느 날 청년이
포도밭으로 왔다

어느 날 한 청년이 찾아왔다. 해맑은 첫인상의 소년 같은 청년이었다. 그는 우리 양조장에서 일하고 싶다고 했다. 느닷없는 청이었고, 우리는 누군가를 고용할 처지가 되지 못했다. 그는 일을 하면서 술 만드는 것을 배우고 싶다고 했다. 이렇게 해서 청년과의 인연이 시작되었고 매주 이틀씩 양조장 일을 도우러 왔다. 올 때마다 양조장에 있는 빨간 장화를 신고 일하기 때문에 그를 모두가 '그 빨간 장화 총각' 하고 말한다. 그래서 기홍은 빨간 장화 총각이 되었다.

그는 중학교 때 우연히 와인을 마시게 되었다고 한다. 부모님이 선물로 받은 것을 뭔지도 모르고 마셨는데 우웩 하고 뱉었다고 한다. 그런데 혀에 남은 깔깔한 맛이 너무 인상 깊어 와인에 대한 호기심이 생기기 시작했다. 그 뒤 와인만 보면 홀짝홀짝 마셔 이상야릇한 맛에 빠져들었고, 어느 날 '아, 이건 정말 흥미로운 세계야!' 하고 자신이 가야 할 미래를 찾았다고 한다.

와인을 배우기 위해 오지만 실제로 그가 가장 많이 하는 일은 와인 수업이 아니라 청소다. 발효탱크 닦고, 병 닦고, 나무 나르고, 난로 청소하고……. 나는 늘 미안한 기분이지만 레돔은 "청소는 양조의 기본이야"라고 말한다. 청소뿐만 아니라 농사일도 많이 한다. 일이 힘들면 그만두겠지 했는데 어느새 일 년이 지나고 이 년이 넘어간다. 와인을 좋아하는 갸름하고 세련된 도시 청년이 우리 집에 오면서부터 얼굴은 시커멓게 타고 손아귀는 굵직하고 거칠어졌다.

우리는 빨간 장화 기홍과 함께 많은 일을 하지만, 가장 좋아하는 건 힘들게 일한 뒤 점심을 먹으며 와인을 마시면서 와인 이야기를 나누는 시간이다. 특히 새로 담근 와인을 한 병 가득 따라 와 마시다 보면 이야기는 끝없이 이어진다. 발효가 거의 끝났지만 아직 완성되지 않은 술은 많은 상상을 하게 한다. 앞으로 변해 갈 맛과 완성될 맛까지 짐작하는 것은 혀가 주는 상상력을 최고로 올리게 만든다. 술통에 들어간 지 한 달이 조금 지난 레드와인은 풋풋한 과일향을 그대로 머금고 있어 보졸레 누보를 마시는 느낌이 든다.

"아, 이번 술은 굉장히 잘 익어 갈 것 같은 느낌이 들어요."

기홍이 이렇게 말하며 잔에 든 술을 높이 들고 이렇게 흔들고 저렇게 흔들며 사랑스럽게 바라본다. 포도송이를 따서 발효탱크에 넣고 으깨는 일을 할 때 그가 도왔다. 혈기 넘치는 청년과 부드러운 중

년의 두 남자가 함께 빚은 술이 어떤 맛으로 완성될지, 미래의 완성된 술맛이 궁금하지만 나는 지금 이 순간의 술을 맛보는 게 더 좋다. 지금이 지나면 더 이상 이 순간의 술이 아니다. 아직 덜 익은 술에서만 맛볼 수 있는 풋풋하게 충돌하는 여러 맛들은 프랑스의 보졸레가 부럽지 않다. 미숙한 술을 마시는 것은 양조장에서만 누릴 수 있는 특권이다. 막걸리 도가에서 막 발효를 시작한, 터져 오르는 탄산 가득한 술을 마셔 본 사람은 그 맛을 잊을 수 없다.

똑같은 술인데도 양조장을 떠나면 그 맛이 나지 않는 것은 신기하다. 인간이 아닌 양조장을 관할하는 무엇인가가 있는 것 같다. 우리 양조장은 충주 도자기 마을 안에 있는 도자기 공방이었는데 우리가 월세로 얻어 들어왔다. 도자기를 굽는 동안 이곳에는 흙과 불을 관장하는 무언가가 있었을 것이다. 그러나 우리가 이곳에서 술을 빚기 시작하는 순간부터는 과일 껍질에 붙은 온갖 술 효모들이 이곳의 주인이 되었다.

"그런데 포도나무 품종을 각기 다른 것으로 준비하는 데는 어떤 이유가 있나요?"

빨간 장화가 이런 질문을 한다. 두 사람은 이 년 전 집 옆 모종밭에 삽목한 묘목들을 뽑아내는 중이었다. 이 묘목들은 여러 지인의 포도밭에서 가지치기한 것을 얻어 온 것이다. 모두 일곱 품종의 묘목들이다. 머루, 캠벨, MBA, 청수, 실바너, 리슬링, 피노블랑. 구할 수 있는 품종은 모두 구해서 땅에 꽂아 뿌리가 나도록 했다. 가지치기한 나뭇가지에 뿌리가 내리고 그것을 포도밭으로 옮겨 심으면 정식 포도나무가 된다. 삽목 시기에는 자주 물을 줘야 하기에 집 옆 작은 땅에 심어 오갈 때마다 잘 자라는지 보살폈다.

삽목한 지 두 해가 지나자 뿌리가 잘 내렸고, 이제 이 묘목들을 뽑아서 포도밭으로 옮겨 심어야 하는 때가 온 것이다. 묘목을 뽑아 품종대로 묶고 각기 이름표를 붙였다. 기홍은 레돔이 포도밭에 같은 품종만 심지 않고 한 고랑에 여러 품종을 교차하며 심는 것을 의아해했다.

"포도밭 한 고랑에 각기 다른 품종을 번갈아 가며 심는 이유는 병충해가 생겨도 옆 나무로 쉽게 번지는 것을 막기 위해서지. 그리고 열네 번째는 포도나무가 아닌 다른 나무를 심을 거야. 가령 보리수나무나 회화나무, 커런트나무나 산딸기나무 같은 것들. 그런 나무들은 대기 중의 질소를 당겨 주는 것은 물론 해충들의 서식지가 되어 포도나무를 보호할 수 있지. 서로 다른 식물의 뿌리들이 땅 밑에서 얽히면서 그 향과 맛을 주고받을 수도 있고. 자, 그럼 이제 일하러 가볼까?"

마지막 잔을 비우고 레돔이 서둘러 일어선다. 익어 가는 술을 마시면서 미래의 술이 될 나무 이야기를 시작하면 이야기가 끝없이 이어져 눈앞의 일을 놓쳐 버릴 위험이 있다. 묘목밭으로 간 남자 둘이 뿌리를 뽑는 동안 나는 묘목을 품종별로 색깔이 다른 리본을 맨다. 실바너는 초록색, 피노블랑은 흰색, 머루는 빨간색, 캠벨은 분홍

색, 이런 식으로 이름표를 붙여야 한다. 삽목할 때는 연필처럼 가느다란 막대기였는데 이렇게 긴 뿌리를 내린 것이 신기했다. 언제 포도송이가 주렁주렁 열릴지 아득하다.

두 남자는 고고학자처럼 무릎을 꿇고 실뿌리 하나라도 다칠세라 조심스럽게 파내고 있다. 생각보다 시간이 많이 걸린다. 늦가을 빛은 참 짧기도 하다. 아직 뽑아야 할 것이 많은데 벌써 밤이슬이 등짝을 축축하게 적시고 손이 시리다. 이럴 때 누군가 따뜻한 차를 한 잔 내오면 좋으련만.

"이제 그만 하자. 추워 죽겠다!"

이제 그만하자고 몇 번을 소리치니 두 남자가 겨우 허리를 일으킨다. 둘 다 코를 훌쩍인다. 벗어 둔 점퍼를 껴입으며 다음 날 해야 할 일을 논의한다. 포도밭 고랑에 호밀을 뿌릴 일, 동네 분이 거저 가져가라고 한 열 마지기 논에서 볏짚을 걷어 올 일, 포도나무 식재할 곳에 구멍을 뚫을 일, 운반기 빌리러 가야 할 일, 대나무 지지대를 사야 하는 일, 경운기로 짚을 옮겨 와 포도밭에 덮을 일…… 일 홍수가 밀려오고 있다. 기홍이 하늘을 가리키며 해맑게 웃는다.

"아, 저 달 좀 봐요. 너무 예쁜데요. 내일 날씨가 아주 좋겠어요!"

땅님,
함부로 굴어서 미안해요

밭을 사고 나니 어째 일이 끝없이 이어진다. 땅은 우리에게 끝없이 무엇인가를 요구한다. 레돔은 충실한 하인처럼 무릎을 꿇고 그 소리에 귀를 기울인다. 아무 말 하지 않아도 알아서 긁어 주기도 한다. 마르고 닳도록 밭에 간다. 무슨 풀이 나는지 무슨 발자국이 찍혔는지 무슨 새들이 와서 똥을 누고 갔는지, 물은 어디로 빠지는지, 바람은 어디로 와서 어디로 사라지는지. 그 모든 것을 보고 느끼려고 한다.

"땅에 얼크러져서 퍼져 나가는 저 나무, 저런 건 프랑스에서는 본 적이 없어. 모든 것을 삼키는 바오바브 같은 나무야. 뭐지? 뭐 칡이라고? 그래, 오늘은 저 칡뿌리를 좀 뽑아야겠어."

레돔은 산에서 내려와 밭두렁에 뻗은 칡들을 제거하기 위해 괭이

인생이 내추럴해지는 방법

를 들었다. 포도나무를 좀 더 많이 심기 위해 땅을 넓히는 것이 목적이었다. 이런 막노동은 사람을 부르면 좋겠다고 했지만 레돔에게는 먹히지 않는다. 그는 사람 부르는 것을 좋아하지 않는다. 돈이 없다는 것도 이유겠지만 남에게 일을 시키면 불편해서 어쩔 줄을 몰라 한다. 그냥 죽도록 혼자 일하는 것을 더 편하게 생각하는 남자다. 마침 빨간 장화 총각 기홍이 내려와서 함께 곡괭이를 쥐었다. 나는 남의 아들을 공짜로 힘든 일에 부려먹는 게 늘 신경 쓰인다.

"와인 만들기의 기본은 농사일이죠. 농사를 못하면 와인도 만들 수 없어요."

기홍이 이렇게 말한다. 어느새 이 아이도 레돔과 비슷한 남자가 되어 버렸다. 보통 고집이 아니다. 어떤 힘든 일에도 물러서지 않는다. 너무 힘들어서 슬그머니 그만뒀을 법도 한데 계속 오는 걸 보면 놀랍고 고맙다. 그렇지만 낑낑거리며 곡괭이질 하는 모습을 보면 안쓰럽다. 내가 보기에 둘 다 힘이 그리 센 것 같지는 않다. 곡괭이를 내려칠 때마다 낑낑 소리가 울려 퍼진다.

두 남자는 뿌리의 끝을 찾아 죽도록 땅을 판다. 지구 반대편 아르헨티나와 접속을 꿈꾸는지, 칡뿌리는 아무리 파도 끝이 나오지 않는다. 그런데 이것이 무엇인가. 칡뿌리에 줄줄 딸려 나오는 것이 있어 보니 비닐이다. 타이어도 있다. 누가 호박씨 대신 타이어 씨앗이라도 뿌렸나? 이전에 농사짓던 농부가 몇 년째 사용한 비닐을 이곳에 묻은 것 같다. 한나절이 지나고 보니 산더미 같은 비닐과 타이어

가 나왔다. 어마어마한 양이다. 칡뿌리와 칭칭 얽혀 있어 죽을힘을
다해 뽑아도 잘 안 된다.

"수천만 년이 지나 지구의 퇴적층을 연구할 때 한국 땅을 알아내
는 건 어렵지 않을 거야. 무지하게 많은 비닐이 나오면 거기가 한국
이야."

레돔이 이런 말을 하면 나는 내 부모를 모욕하는 느낌이 들어 불
같이 화가 난다. 농촌 비닐 쓰레기에 내가 책임을 지고 물러나야 할
것 같은 느낌이 들어 변명을 늘어놓는다.

"농부들이 비닐을 사용하는 데는 그럴 수밖에 없는 이유가 있겠
지. 작물은 더 잘 자라고, 잡초는 덜 자라라고 그런대. 여튼간에 요
즘에는 비닐을 덮지 않으면 농사를 지을 수 없다고들 해."

나의 변명은 먹히지 않는다.

"그렇다면 농사가 끝난 뒤 깨끗이 청소하고 땅을 원래 상태로 돌
려줘야 하는 것 아닌가? 땅속에 묻힌 비닐은 갈가리 찢어져 가루가
되면 썩지도 않고 돌아다니는데, 농사 다 지었다고 손 탁탁 털면 끝
이야? 이 땅은 그들의 자식이 살아갈 땅인데?"

레돔은 사정없이 포화를 날린다. 타이어 위에 앉아 긴 격론을 벌
이지만 비닐 없는 농사의 해결 방안은 찾지 못하고 다시 비닐을 파
내기를 시작한다. 계속 파내다간 지구에 구멍이 나서 한국 반대편
에 있다는 칠레 어디쯤으로 떨어질 것만 같다.

"처음엔 비닐을 삼킨 돌고래가 생각났는데 고래뿐만 아니라 땅

도 경련을 일으키며 호흡곤란으로 괴로워하는 것 같아요. 땅속에 이 많은 비닐을 품고 있었다니!"

기홍이 호흡곤란을 호소하듯이 한마디 한다. 양조 기술을 배우러 왔다가 농사를 알게 되고 이제는 환경 문제까지 생각하게 되었다. 레돔은 이 타이어와 비닐 들을 버린 사람 집 앞에 갖다 줘야 한다고 극단적으로 말한다. 자기 집은 반들반들 청소하지만 들판의 쓰레기에는 무심한 한국 사람에 대한 비난이 이어지기 시작한다. 이런 이야기가 나올 때마다 정말 피곤하다. 내가 한국 들판의 쓰레기와 제초제를 해결해야 하는 환경부 장관도 아니고 녹색당 의원도 아니지 않는가.

"자, 시드르나 한 잔씩 하자고."

나는 중참으로 가지고 온 시드르 뚜껑을 따고 한 잔씩 따라 준다. 술을 따르다 보니 엄마와 함께 잡초를 뽑던 그 옛날이 생각난다. 쪼그려 앉아 호미로 일일이 잡초를 뽑던 시절이 있었다. 그땐 비닐 같은 건 없었다. 뽑아낸 잡초의 흙을 털어 한쪽에 수북하게 쌓아 두고 가져온 막걸리를 마시는 순간이 참 좋았다. 엄마는 항상 잔이 넘치도록 막걸리를 따라 땅이 먼저 마시게 했다.

"땅님, 시원한 막걸리 많이 드시고 올해도 우리 농사 잘되게 해 주이소! 많이 드시소!"

이렇게 땅에게 소원을 빌었다. 나도 엄마 흉내를 내보았다. 시드르를 한 잔 듬뿍 따라 땅에 뿌렸다.

"땅님, 한번 맛보세요. 당신이 준 것으로 만든 거예요."

비닐이 뽑혀 나간 땅은 시원하게 시드르를 들이킨다. 나는 땅에 바짝 고개를 숙이고 속삭인다.

"땅님 미안합니다. 그래도 잘 봐주세요. 앞으로 잘할게요."

인생이 내추럴해지는 방법

땅을 키울 줄 알아야
농부다

이웃 밭에서 땅갈이를 하고 있다. 뭔가를 심을 모양이다. 전날 제초제를 뿌려 잡초를 말려 죽이더니 땅을 갈아엎고 있다. 기계로 세 번을 왔다 갔다 하니 노란 흙이 드러나고 갓 도배한 안방처럼 깨끗해졌다. 뒤이어 다른 기계가 빠르게 골을 파고 검정 비닐을 덮는다. 이제 비닐에 구멍을 뚫어 씨앗을 넣으면 된다.

땅갈이를 하는 날 하필 햇빛이 이글이글하다. 남의 땅에 제초제 뿌리는데 레돔이 좌불안석이다.

"한번 맞춰 봐. 세상에 살아 있는 존재 중 가장 큰 건 뭘까?"

밭을 저렇게 갈아엎어 버리면 땅속의 미생물과 지렁이가 다 죽을 텐데 어쩔 거냐고, 밭은 안방처럼 깨끗이 잡초를 없애면서 밭 주변은 농약통이며 비닐이며 플라스틱을 잔뜩 버려 놓는 건 뭐냐고, 찢어져서 흙 속에서 몇백 년이나 남아 땅을 오염시킬 건데 어쩔 거냐고, 꽃노래를 부를 줄 알았는데 알쏭달쏭한 질문을 한다. 또 무슨 말을 하려고 이러시나. 나는 청문회에 불려 나온 무능력한 장관처럼 의심스럽게 눈을 데굴데굴 굴린다.

"세상에서 제일 큰 존재? ……코끼리?"라고 대답하니 식물이라고 한다.

"유칼리나무?"

어디서 들은 적 있는 나무 이름을 대니 그는 버섯이라고 답한다.

"버섯 한 개는 100킬로까지 뿌리가 뻗어 나가. 살아 있는 존재로는 세상에서 가장 큰 개체지."

한 개의 몸이 100킬로미터까지 간다니 충주 우리 양조장에서 동해 바닷가까지 뻗어 간다는 뜻이다. 한쪽 발은 산골에, 다른 쪽 발은 바다에 담근 거대한 식물이 있다면 저 너머 소식을 이쪽으로 전해 줄 수도 있겠다. 이 시간 동쪽 지방 날씨는 버섯에게 물어보면 되겠군. 내가 살짝 비웃자 그는 으쓱한다.

"버섯은 스스로 광합성 작용을 못하기 때문에 나무가 만든 당을 얻어먹어. 그 대신 멀리까지 뿌리를 뻗어 미네랄과 물을 얻어 와서 나무한테 줘. 필요한 것을 서로 주고받는 사이지. 밭에서 나는 이런 종류의 버섯은 나무와 나무를 연결시켜 주는 메신저와 같아. 밭에 깔린 연결망이라고나 할까. 버섯이 있다는 건 땅속의 미생물과 풀과 나무들이 서로 잘 연결돼 소통하고 있다는 뜻이야."

인생이 내추럴해지는 방법

"아, 알겠다. 하늘에 초고속 인터넷이 설치돼 세계가 연결되는 것 처럼 땅에는 버섯이라는 그물이 와이파이처럼 깔려 있다는 거네. 그 러니까 나무와 풀과 미생물이 버섯이라는 인터넷을 통해 서로 연결 돼 뭔가를 교환하고 대화하고 그런다는 거잖아."

나의 비유가 너무 총명했던지 그의 눈이 휘둥그레진다.

"땅에게 가장 치명적인 건 뜨거운 태양이야. 땅도 인간처럼 시원 하고 쾌적한 걸 좋아하는 살아 숨 쉬는 존재라고. 저렇게 깨끗하게 갈아엎어서 잡풀이 하나도 없으면 지렁인 뭘 먹고, 미생물들은 어 디서 살지? 버섯은 꿈도 꿀 수 없어. 잡초가 있어야 그 그늘에서 버 섯도 자라고 지렁이도 먹고살면서 퇴비를 만들잖아. 좋은 열매를 키 우고 싶으면 땅도 돌봐야 하는 게 농부의 일이잖아. 사실을 말하자 면 지금도 이미 너무 늦어 버렸어. 지금부터 땅을 살린다 해도 다가 오는 재앙을 막을 수 없을 거야. 그때 울어도 소용없어."

결국 그는 제초제를 뿌리고 땅을 갈아엎으며 환경을 오염시키는 책임을 내게 물으며 화를 낸다. 그러면 나도 화가 나서 네 농사나 잘 지으라고 소리친다. 남의 밭 씨 뿌리는 것을 보면서 왜 우리가 싸워 야 하는지 모르겠다. 남들이 보면 우리 밭 잡초가 더 문제라고 한 다. 포도밭인지 잡초밭인지 알 수 없다. 사람들이 지나가다가 놀라 서 쳐다본다. 게으름뱅이라고 흉도 본다. 나는 좀 부끄럽다. 그가 잡 초를 내버려 두는 것이 늘 불만이다. 땅과 박테리아와 식물들 이야 기를 하면 그냥 화가 난다. 내가 잡초를 뽑을 때마다 깐깐하게 간섭

하는 것이 정말 싫다. 짜증이 난다. 머리 위에는 태양이 이글거리고 목으로 땀이 줄줄 흘러내려 일사병으로 죽을 것 같은데 그런 소리나 늘어놓다니 콧방귀만 나온다.

"자신이 땅인 줄 아나 봐. 뭐든지 다 땅 위주로 생각하다니 인간은 어떻게 살아? 너, 인간 바보야?"

내가 아무렇게나 쏘아 대면 그는 얼굴을 시뻘겋게 붉히면서 화를 낸다. 아니 무슨 농부가 화를 그렇게 잘 내나. 땅을 보고 살아도 그 부르르하는 성질은 못 고치는 모양이지. 나는 집에 가서 시원한 물이나 마시고 자야겠다. 잡초 뽑고 도와주겠다는 사람을 내치다니 다시는 오지 않겠다. 집에 돌아와 한숨 자고 나니 고집쟁이 남자가 궁금해진다. 얼음물을 채워 나가 보니 높이 자란 잡초를 꽤 많이 베어서 뉘였다.

"저기도 좀 베는 게 어때. 사람들이 오가는 곳이잖아."

길목에 높이 자란 풀들을 가리키니 그가 한참 들여다본다.

"그냥 두는 것이 좋겠어. 밭 한편에 야생 상태 풀이 그대로 자라는 것도 괜찮아. 지나치게 관리할수록 힘들어지는 것이 잡초야. 잡초 씨는 땅이 깨끗할수록 더 빨리 싹을 틔워. 잡초와 인간, 공생하는 방법을 찾아야겠지. 저기 해바라기와 옥수수에 기대어 올라가는 콩 좀 봐. 서로서로 잘 어울려 자라잖아?"

온몸이 땀에 젖은 고집쟁이가 자신이 일군 밭을 사랑스레 바라본다. 포도밭에 콩이랑 옥수수, 해바라기, 이런 씨들을 심을 땐 또 엉뚱한 짓한다 싶어서 싫었는데 그런대로 보기가 괜찮다. 콩 줄기가 옥수수와 해바라기의 긴 몸을 타고 올라가는 것이 신기하다.

'걱정 마. 너무 세게 감아서 죽이지는 않을 거야. 난 조금만 도움을 받으려는 것뿐이야.'

콩이 이렇게 말하면 해바라기는 빙긋 웃는다.

'네가 이렇게 감아 주니 내 큰 키가 바람에 휘청대지 않잖아. 어젯밤 바람도 네 덕에 견뎠어. 무엇보다 너의 푸른 콩잎 냄새가 좋아. 콩 익어 갈 때 냄새는 더 좋지. 농부가 풀을 뽑아 버리지 않아서 참 다행이야. 풀을 깨끗이 뽑아 버렸다면 땅이 너무 뜨거워서 이 더위에 내 뿌리가 다 말라 버렸을 거야. 우린 주인을 잘 만났어. 아, 바람이 부네. 우리 흔들리지 않게 좀 더 껴안자.'

해바라기와 콩이 꼭 껴안고 알콩달콩 웅얼거리는 소리가 들리는 듯했다. 늘 그렇지만 나는 결국 레돔에게 승복하고 만다. 좀 짜증나기도 하지만 결국 맞는 소리인 것 같기 때문이다.

바야흐로 농부의 계절, 잡초의 계절이다. 어떻게 해야 사람과 땅이 다 같이 잘살 수 있는지 모르겠다. 땅 나라 국무장관의 시름이 깊어 간다. 이웃과 우리 사이에 이심전심 와이파이 버섯이 있어 한마디 전할 수 있다면 일단은 이렇게 말하고 싶다.

'우리 밭에 잡풀 많다고 너무 나무라진 마세요. 게으름뱅이라고 야단치지 마세요. 잡초 씨앗이 날아와 온 동네 밭 다 버린다고 욕하지 마세요. 우리 밭에서 간 건 아닐 거예요.'

늙은 여왕벌이
마을을 이끌고 왔다

"여기 좀 와봐. 어마어마한 일이 일어났어!"

좀처럼 흥분하지 않는 레돔인데 무슨 일인가 싶었다. 며칠 전까지만 해도 비어 있던 벌통에 벌들이 떼지어 이사를 오는 중이었다. 하늘 가득 날면서 붕붕 소리를 내고 벌통 입구에는 수백 마리가 떼지어 와글거리며 안으로 들어가고 있었다. 굉장히 흥분된 것처럼 윙윙대는 소리가 태풍 같았다.

'야, 빨리빨리 안으로 들어와. 인간들이 보고 있잖아. 이러다 오늘 밤 밖에서 자겠어. 새집은 충분히 넓은 것 맞아? 그럼! 우리 여왕님을 위한 최고의 집이야!'

이런 소리를 주고받는 것처럼 보였다.

"아니, 무슨 일이 난 거야? 왜 벌들이 떼로 날아오는 거지? 전쟁이라도 난 건가?"

원래 레돔은 벌통을 세 개 가지고 있었다. 친구의 사촌의 삼촌인가 하는 집에서 가져온 벌통에서 한 차례 황금 꿀을 수확했지만 차례로 낭패를 당했다. 한 통은 한여름 말벌의 습격으로 떼죽음을 당했다. 다른 한 통은 농약 든 꿀을 물고 와서 데굴데굴 하더니 모두 죽었다. 구사일생으로 건진 마지막 통은 지난겨울 한파에 동사했다. 벌 키우기가 쉽지 않았다.

봄이 되어 뒷산에 아카시아꽃이 피기 시작하자 그는 몹시 우울해했다. 꽃이 꿀을 품은 채 시들고 있으니 새로운 벌을 구해 달라고 졸랐다. 나는 거절했다. 지금까지 벌 사느라 들인 돈이면 몇 년 꿀을 사먹고도 남을 금액이었다. 벌들은 저절로 큰다고 하지만 아니었다. 생각보다 일이 많았다. 여름엔 벌통 앞에서 보초를 서서 말벌이 공격하는지 지켜봐야 했고, 장마엔 꿀을 넣은 풀차를 타서 대령해야 했다. 겨울엔 얼어 죽지 않게 보온해 줘야 했고, 남의 밭에 농약을 뿌리면 혹시 거기 가서 농약 묻은 꿀을 먹고 죽을까 봐 노심초사했다. 꿀벌은 낙원처럼 깨끗하고 아름다운 곳에서나 저절로 사는 예민한 곤충이다. 벌에게 지구는 이제 너무 더럽혀진 낙원이다.

"어쩌면 분가한 벌들이 날아올지도 몰라."

두 번 다시 벌을 사주지 않을 거라고 했더니 그는 벌통을 깨끗이 닦고 청소해 나무 그늘 아래 놓아두었다. 떠난 연인이 돌아오길 기다리는 가엾은 남자처럼 빈 통 앞을 서성였다. 그렇게 비싼 벌들이 알아서 빈 통에 들어온다는 이야기는 들은 적이 없다. 절대 벌들이 올 리 없을 테니 벌통을 포기하라고 했다. 그런데 늙은 여왕벌이 대군을 이끌고 온 것이다.

"와, 호박이 넝쿨째 굴러왔다."

나는 공짜 꿀 얻어먹을 생각에 덩실덩실 춤을 추었다. 그런데 벌들이 왜 이곳으로 왔는지 궁금해졌다. 어떻게 여기에 빈 벌통이 있는지 알았을까? 한 동네가 몽땅 온 걸까? 고향은 어디일까? 벌들에게도 이삿짐이 있는 걸까? 혹시 꿀단지를 들고 오는 건가? 내 인생에 한 번도 큰 의미를 가진 적이 없던 작은 벌레에게 갑자기 관심이 가기 시작했다.

생각해 보면 인간의 인생에 엄청 큰 의미를 가진 곤충이다. 꿀을 먹지 않았던가. 그동안 얼마나 많은 꿀을 냠냠 먹었던가. 저 작은 벌레가 대체 몇천 번을 꽃 속에 들어갔다 나왔다 하면서 날랐으며, 대체 몇만 마리 벌들이 동원되어 생과 사를 달리했을까. 감자를 먹을 때는 감자 생산자에게 감사하고 옥수수를 먹을 때는 옥수수 생산자에게 감사하는 것이 우리 인간이다. 그렇다면 꿀을 먹을 때는 양봉인에게 감사해야 하는가, 벌에게 감사해야 하는가…… 잘 모르겠다. 나는 벌들에게 감사하고 싶다.

"5월은 벌들이 분가를 하는 때야. 살고 있는 벌통에 벌이 너무 많으면 늙은 여왕벌이 새 여왕벌이 태어나기 전에 반 정도의 무리를 이끌고 나와. 무리가 여왕벌을 감싸고 보호하는 동안 일부는 새로

인생이 내추럴해지는 방법

운 거처를 물색하지. 그중에 가장 좋은 곳을 선택해서 이사를 하는 거야.”

벌 전문가 레돔이 벌들의 이사에 대해 이렇게 설명했다.

“야호, 우리 집 벌통이 벌들이 살고 싶은 집으로 선정되었다!”

“새 여왕벌이 태어나면 아직 부화되지 않은 여왕벌 알은 모두 죽여. 한 벌통에 여왕벌은 오직 하나만 있어야 하거든. 새로 태어난 여왕벌은 밖으로 나가서 수벌을 만나는데, 그 한 번의 외출에서 수벌 여러 마리를 만나 평생 낳을 알의 정액을 받아서 돌아온대. 그러곤 다시는 밖으로 나가지 않아. 재미있는 건 수벌의 인생이지. 여왕벌이 정액을 받는 여름 동안 수벌은 이 벌통 저 벌통 아무데나 날아다니면서 일도 하지 않고 꿀을 먹을 수 있어. 그러나 여왕벌이 일 년 낳을 알의 정액이 장전된 9월이 되면 어떤 벌통에도 들어갈 수 없게 되어 결국 굶어 죽게 된단 말이야.”

그는 지겨운 줄도 모르고 벌의 라이프 스토리를 이야기한다. 그리고 금빛 날개를 비비며 꽃 속에 들어가 꿀을 따는 벌을 하염없이 바라본다. 이제 곧 말벌이 어린 벌들을 공격하는 여름이 올 것이고 그는 철통 보초를 설 것이다. 어딘가에서 농약이라도 치면 노심초사 벌들의 반경을 걱정할 것이다. 새 아이를 맞이한 것처럼 염려와 축복이 넘친다.

“내 인생이 가장 평화롭다고 느낄 때가 햇빛 좋은 날 마당에서 벌들이 윙윙대는 소리를 들을 때야.”

그가 뭐라고 하든 나는 그저 벌떼가 제 발로 날아온 것이 흐뭇하다. 언제쯤 저들이 한 땀 한 땀 모은 꿀을 훔쳐 먹을 수 있으려나 침만 삼키고 있다. 참 무정한 인간이다.

인생이 내추럴해지는 방법

땅이 좋아서 춤을 추면
와인도 좋아서 춤을 춘다

끔찍한 봄가뭄과 무섭도록 긴 여름장마가 가니 금방 날이 서늘해졌다. 날이 서늘해지니 괜히 기분이 설렌다. 아침이면 안개가 자욱하고 성질 급한 나뭇잎은 벌써 물들어 간다. 황혼은 어느 때보다 붉고 밤하늘의 달은 눈이 부시다. 붓꽃은 까만 씨앗을 수북하게 쏟아내고 장미꽃은 올해의 마지막 송이를 피워 내느라 애를 쓴다. 눈이 가는 곳 어디라도 찬사를 보내고 싶다. 너 참 아름답구나!

복숭아 농사를 짓는 이웃 완이는 복숭아 끝났다고 만세를 부른다. 지난겨울 가지치기부터 지금까지 복숭아나무를 붙들고 애먹었다. 그는 이제 휴식이지만 동네 앞 들판은 이제부터 시작이다. 벼들이 노랗게 익어 가고 있고, 그 옆 사과밭은 막 붉은색이 오른다. 누구는 끝났지만 누구는 아직 한참 더 보초를 서야 한다. 우리 집 농부 레돔은 계절을 가리지 않고 보초를 선다. 머릿속엔 올가을 포도밭 생각으로 가득 차 있다. 봄에 심은 나무들은 걸음마하는 아이처럼 비틀비틀 뿌리를 내리고 있는 중이다.

"올해도 작년처럼 포도밭 고랑에 호밀이랑 보리 씨앗을 뿌려야겠어. 토끼풀 씨앗도 더 필요해. 작년에 뿌린 것들이 많이 못 올라왔어. 마늘도 좀 심어 보고 싶고. 포도나무 발치에 하나씩 심으면 해충들이 잘 오지 않는다고 하더라. 포도나무 보초병이 되는 건가? 무도 좀 심어야겠어. 뿌리가 길쭉하고 껍질 색은 검은 품종의 무가 있으면 좋겠는데, 그런 건 없겠지? 약 처리 안 된 순수한 씨앗을 많이 구하고 싶어. 또록또록 귀엽고 반짝이는 씨앗!"

찬바람이 불기 무섭게 시작되는 씨앗 타령이다. 윤이 나는 오동통한 씨앗, 소독이 안 된 씨앗, 한국 전통 씨앗, 키가 큰 호밀, 키가 작은 보리, 검고 긴 무, 참 까다롭기도 하다. 올해는 작년에 없던 검은 무 씨앗까지 구해 달라고 한다. 일 년에 우리가 무를 얼마나 먹는다고 무 농사까지 지으려고 하는지 모르겠다고 했더니 사람 먹을 용도가 아니라고 한다.

"길쭉한 무는 땅에 정말 좋아. 깊숙하게 파고들어 가기 때문에 땅에 구멍을 내어 땅이 숨을 쉬게 하지. 그것이 땅속에서 썩으면 지렁이들이 오고, 온갖 벌레와 박테리아가 살게 돼. 그 자체가 미네랄이 돼. 그러면 땅이 좋아서 춤을 출 거야. 땅이 춤을 추면 거기서 자라는 포도나무도 춤을 추고, 거기에 열린 포도도 춤을 추겠지. 그

인생이 내추럴해지는 방법

포도로 담근 와인을 마시면 사람도 춤을 추지 않을까?”

그러니까 사람만 동치미를 좋아하는 게 아니라는 말이다. 땅도 무가 구멍을 내주면 시원해하고, 썩으면 맛있다고 춤을 춘다는 것이다. 지난여름 미친 폭풍우에 나무뿌리들이 다 녹아내리는, 마음 졸이는 시간들을 벌써 잊었나 보다. 가을 파종의 시간이 오니까 오직 씨를 뿌리고 싶은 마음에 엉덩이가 들썩인다. 검은 무씨는 찾지 못해 단무지용 무씨를 주니 이번에는 이런저런 묘목들을 좀 더 사야겠다고 한다. 봄에는 봄, 가을에는 가을, 얼마나 많은 나무를 심어야 끝나는지 모르겠다. 이러다 나무 심다 죽겠다.

“이 계절에 나무를 심어도 되는 거 맞아? 모두 봄을 기다리던데. 사람들은 지금 나무를 심으면 다 얼어 죽는다고 하더라.”

그는 어깨만 으쓱한다. 그런 말에 신경 쓸 필요 없다는 뜻이다.

“봄에도 심지만 가을도 식목에 좋은 계절이야. 나뭇잎이 다 떨어지니까 사람들은 겨울잠을 잔다고 하는데 사실 겨울은 식물들이 보이지 않는 곳에서 왕성하게 활동하는 계절이거든. 특히 뿌리가 역동적으로 움직이는 때지. 잎마저 떨어뜨리고 모든 에너지를 뿌리로 집중시키는 때야. 바깥은 춥지만 땅은 뿌리와 물 에너지들로 가득해. 인간이 모르는 땅의 세상이지. 이렇게 겨울 땅은 다가올 봄을 미리 준비하는 거야. 묘목은 잎이 떨어진 늦가을에 심으면 좋아. 그래야 뿌리가 차분하게 땅에 적응하고 봄이 되면 힘을 받아 순조롭게 뻗어 나가 새싹을 잘 틔울 수 있거든. 땅이 얼기 전에 심으면 아무 문제없어."

이렇게 나오니 할 말이 없다. 인터넷 나무상회에 가서 이런저런 묘목들을 구입하기 시작한다. 작년까지만 해도 이런저런 씨앗을 구해 달라고 하면 막막했는데 농사 삼 년 차가 되니 그가 구해 달라면 어떻게든 착착 찾아낸다. 그러니까 레돔은 참 복도 많다는 것이다. 농사를 짓고 싶은 대로 짓게 놔두지, 사달라는 건 다 사주지, 벌레들이 파먹어서 수확량이 쪼그라들어도 별 잔소리도 안 하지, 이런 여자가 몇이나 되겠는가. 씨앗을 구해 주며 깨알 잔소리를 하지만 그는 듣지도 않는다.

"올해 호밀은 정말 알차다. 또록또록해! 내년에도 이런 씨앗을 얻을 수 있으면 좋겠다!"

씨앗에 코를 대고 냄새를 맡고는 사랑스럽게 어루만진다. 할 일은 여기에서 끝이 아니다. 집 텃밭에 잘 자란 뿌리 작물들을 모두 포도밭으로 옮기려고 한다. 루바브와 로즈메리, 쐐기풀, 딸기, 톱풀, 옮겨 심어야 할 것들이 줄을 서 있다. 가을은 수확의 계절이라고 하지만 그것은 보이는 것일 뿐이다. 모든 열매가 자신의 후세를 남기기 위해 씨앗을 만드는 것과 동시에 뿌리들은 또 다른 뿌리를 불려 놓는다. 가을에 이미 봄을 준비하는 것이다. 그래서 가을은 작은 풀들의 뿌리를 옮기기 좋은 때다. 뿌리를 파내면 작은 뿌리들이 주렁주렁 달려서 나오는 것이 신기하다.

레돔은 애지중지하는 루바브 뿌리를 잘라 포대에 넣고 걸어간다.

이웃이 묻는다.

"레돔 씨, 어디 가세요?"

그는 딴생각에 빠져 대답할 겨를도 없다. 가을의 농부 모습이다.

태양 바람 비 작은 알자스 레돔
테루아

포도밭

야생효모들,
와인의 영혼

집 지키는 거위

테루아 : 본디 토지, 산지를 의미하는 말이지만 포도가 자라는 곳의
기후, 농법, 품종에서 나아가 생산자의 철학 등 와인이 만들어지기
까지의 모든 환경을 이르는 말이다.

53° 온천물 수안보

달콤한 강, 달천

자연을 봉인하다

야생효모 발효

증류기

시드르

와인 포도 슈납스

야생허브

너를 노래하는 땅으로
만들어 줄 거야

"어, 산이 언제 저렇게 물들어 버렸지?"

관리기를 몰고 다니며 땅을 일구던 농부가 먼 산을 보더니 이렇게 중얼거린다. 나무를 심으면 물을 기다리고, 장마가 오면 그치기를 기다리고, 풀을 베고 벌레를 잡고, 땅과 하늘 사이에서 나무를 졸졸 따라다니다 보니 세월이 어떻게 흘러가는지도 몰랐는데 허리를 펴보니 가을이 깊어 있다. 또다시 나무를 심어야 하는 가을이 온 것이다.

산 아래 들판에서는 벼를 털고, 이쪽저쪽에서 콩을 타작하고, 들깨를 털어 날리고 있다. 세상에는 아름다운 풍경이 참 많지만 수확하는 소리들로 가득한 가을 들판만 할까. 바라보면 아름다운데 좀 더 다가가면 왠지 슬프다. 인생이라는 것이 얼마나 긴 고단함의 연속인지 잔잔하게 사무친다. 레돔은 한 그루의 나무라도 더 심어 보려고 관리기를 빌려 와 밭의 외진 땅을 갈고 있다.

"이런, 또 넘어졌어."

레돔이 몰고 다니던 관리기가 또 뒤집어지고 말았다. 관리기가 그리 튼실하지가 않다. 이런 조그만 관리기는 백 평 정도의 땅에나 사용하지 1천 평이 넘는 땅에는 무리라고 했다. 경사진 언덕을 오가면서 기계가 뒤집어져 다치기라도 할까 봐 걱정이다. 그냥 트랙터로 왔다 갔다 하면 금방 끝난다고 하는데 죽어도 말을 안 듣는다. 땅을 살짝만 긁을 거니까 필요하지 않다는 것이다.

"트랙터로 쉽게 땅을 갈 수 있겠지만 너무 무겁다는 게 문제야. 무거운 기계로 왔다 갔다 하면 땅이 딱딱하게 붙어 버려. 그러면 땅속 미생물이 죽고 식물들은 깊이 뿌리를 내리지 못해. 비라도 오면 땅은 더욱더 굳어져 벽돌처럼 단단해져 버리지. 이런 땅에 비료 뿌리고 제초제 치고 영양제를 듬뿍 도포한 뒤 비닐까지 꽁꽁 덮어 주다니……. 아, 내가 땅이라면 정말이지 미쳐 버릴 거야! 가엾은 흙들. 나는 너를 노래하는 땅으로 만들어 줄 거야."

그놈의 땅속 미생물 타령은 지겹지 않은가. 레돔은 낑낑거리며 관리기를 일으켜 세워 다시 시동을 건 뒤 나아간다. 고슬고슬한 땅, 충주 근방에서는 최고의 흙을 가진 농부 레돔. 농부로서 가진 그의 꿈이다.

'사랑해요 농부님, 고마워요 농부님, 나의 사랑, 나의 농부님.'

그는 땅들로부터 이런 말을 듣고 싶어 한다. 이런, 관리기가 돌멩이에 걸려 또 넘어져 버렸다. 그는 콜록콜록 기침을 한다. 입술이 바싹 말랐고 곧 병이 날 것만 같다.

"11월이 오기 전에 땅갈기를 마쳐야 하는데 생각보다 더디네. 내일은 이쪽으로 밭고랑을 만들어야겠어. 포도나무를 한 그루라도 더 심으려면 밭을 좀 늘려야 해. 이쪽의 돌들을 옮기면 서른 그루 정도 더 심을 수 있을 것 같은데 돌 좀 옮겨 줄래?"

고생하는 걸 보고 있자니 거절할 수가 없다. 쪼그려 앉아 돌을 주워 옮기는 동안 그는 관리기를 끌고 비탈진 길을 올라간다. 그리고 다시 내려온다. 헉헉거리는 폼이 힘들어 보인다. 관리기에 익숙한 사람을 고용하면 하루 만에 끝낼 수 있다고 권유하지만, 그는 땅 일구는 일만은 남에게 맡기고 싶어 하지 않는다.

"아, 이번엔 톱니가 나가 버렸네. 큰일 났다."

그는 털썩 주저앉는다. 나는 보온병에서 따뜻한 물을 한 잔 따라 준다. 그는 물을 마시며 산을 보고 하늘을 본다. 우리 땅이 생겼을 때는 너무 좋았는데 일이 끝이 없다. 땅은 끝없이 무엇인가를 요구한다. 1천 그루가 넘는 다양한 나무들을 심고 깻단과 짚단, 낙엽과 왕겨 들을 수없이 갖다 부었지만 순식간에 사라져 버린다. 하늘에서 내려온 어마어마한 대식가가 땅속에 사는 것만 같다. 얼마나 더 먹어야 폭신폭신한 땅이 되어 줄까. 그러나 레돔은 지치지 않는다. 평생 처음으로 자기 이름의 땅을 가진 남자란 저런 것일까. 매일 일

해도 지겹지 않고 매일 일거리가 생겨도 사랑스럽고, 매일 봐도 새로운 미래를 떠올리고 꿈을 꾼다.

"햇빛을 하루 종일 잘 받으려면 이쪽 포도나무 골을 이렇게 둥근 사선으로 그어야 할 것 같아. 그래야 북쪽에서 불어오는 바람의 영향을 덜 받지. 그리고 저기 경사진 면은 비가 와도 흙이 쓸려 내려가지 않도록 이렇게 가로로 하는 것이 좋겠어. 지금 이 상태는 천둥, 번개라도 치면 흙들이 다 유실되어 버릴 거야. 맨 위쪽은 포도나무 사이를 2미터로 넓게 잡았어. 포도나무 아래 심을 허브들을 좀 더 주문해야겠고. 딸기나 팬지, 세이지, 압생트 같은 작은 식물들을 심으면 포도나무 뿌리랑 얽혀서 좋은 맛이 나게 해줄 거야. 압생트는 나중에 증류해서 증류주도 만들 수 있겠지."

"아, 압생트? 고흐가 마시다 미쳤다는 그 술도 만들 수 있다고? 야호!"

나는 이런 이야기가 나오면 눈을 반짝이며 반응한다. 그는 언젠가 완성될 포도밭을 꿈꾸며 이야기할 때 미소 짓는다. 이마는 땀에 젖고 입술은 바짝 말랐지만 눈동자는 반짝반짝 빛난다. 미래의 수안보 테루아 포도밭 풍광이 이미 눈앞에 있는 것만 같다. 그러나 갈 길은 한참 멀다. 관리기와 며칠 씨름하더니 결국 몸살이 났다. 이틀을 앓더니 새벽같이 일어나 밭고랑 치는 기계를 빌려 바삐 밭으로 간다. 기계에 시동을 걸기 전에 다정한 얼굴로 밭을 한 바퀴 휘 돌아본다.

"지난주 뿌린 호밀 씨앗이 벌써 한 뼘이나 자랐어. 새벽이슬을 먹고 발아했나 봐. 포도밭 고랑 사이에 자라는 호밀은 정말 쓰임새가 좋아. 완이네 복숭아밭에도 호밀 좀 뿌리면 좋을 텐데. 그냥 뿌리기만 하면 자라서 퇴비가 되어 줄 텐데 왜 안 뿌릴까……. 앗, 저기 봐! 지지대로 세워 둔 막대 위에 새가 앉았네! 어린 묘목들이 빨리 자라야 새들이 집을 지을 텐데. 저 위쪽으로는 참피나무를 좀 더 심어야겠어. 참피나무는 빨리 자라거든. 꽃에는 꿀도 엄청 많고 잎으로는 차를 만들어 마실 수도 있어. 정말 좋은 나무야."

이 프랑스 농부는 참 지치지도 않는다. 꿈도 많고 이야기는 끝이 없다. 그 아내는 자주 딴생각을 하거나 언제쯤 우리 밭에서 수확한 압생트로 압생트 술을 만들어 마시나, 그런 생각을 하며 흔들흔들해지는 정신을 부여잡는다.

거리의 낙엽과 깻단 더미로
이불을 덮어 주다

올겨울은 무척 추울 거라고 한다. 예전에는 그런 소리가 귓등까지 오지도 않았는데 요즘엔 덜컥 겁이 난다. 봄과 가을에 심은 어린 묘목들이 얼어 죽지는 않을까 걱정이다.

"내년 봄에 나무 다 얼어 죽었다고 울어도 소용없으니 단속 잘해 두라고!"

레돔에게 단단히 일러둔다. 월동 준비로 우리는 가로수 낙엽들을 모으기로 했다. 청소하시는 분들이 담아 놓으면 우리는 보따리째 들고 오면 되니까 진짜 '득템'인 것이다. 첫해에는 직접 낙엽을 쓸어 담기도 했지만 이제 요령이 생겼다. 몇 시에 어디에 가면 낙엽 보따리가 잔뜩 있는지 알게 된 것이다.

그런데 올해는 그것도 쉽지 않다. 새벽같이 시청 환경부에서 잽싸게 수거해 가는 데다 낙엽 보따리를 노리는 사람이 꽤 있다. 집 앞 도로의 가로수 나뭇잎이 수북이 쌓이면 틈만 나면 나가서 쓸어 담은 낙엽 자루가 있는지 본다. 어디선가 "위잉~" 하는 소리가 들려 나가 보니 두 분이 기계로 낙엽을 날려서 모아 담고 있다. 낙엽 자루가 채워지기를 기다리고 있는데 친정엄마를 떠올리게 하는 꼬부랑 할머니 한 분이 끙끙거리며 유모차에 낙엽 자루를 올리고 있다.

'어머, 뭐하시는 거예요. 이 낙엽은 우리 건데요!'

속으로 이렇게 소리치며 청소하는 아저씨의 리어카를 빌려 빛의 속도로 낙엽 자루를 마구 실어서 날듯이 다 가져와 버렸다. 겨우 한 자루 싣고 갔다 오니 하나도 남아 있지 않자 할머니는, "아니, 쓸어 담을 때 내가 다 가지려고 눈도장 찍어 놓은 건데……" 하신다. 눈도장이라면 나는 낙엽이 새순으로 나올 때 이미 찍어 놓았다. 아파트로 들어가는 현관에 낙엽 보따리를 수북이 쌓아 놓고 레돔의 트럭이 오기를 기다린다.

"저 나무들에게는 정말 미안하긴 하지만……."

레돔은 낙엽 보따리를 트럭에 실으며 나무들에게 미안하다고 한다. 나한테 고맙다고 해야 도리가 아니냐고 했더니 원래 모든 떨어지는 잎들은 다시 나무들에게 돌려주는 게 원칙이라고 했다. 그렇지만 나무의 발치는 시멘트로 꽁꽁 덮여 있어 줄 수도 없는 처지다. 가로수 낙엽뿐만 아니라 밭둑에 쌓아 둔 들깨단이나 콩껍질 같은 것들을 보면 그는 일단 멈추었다. 그러고는 눈을 반짝이며 다가가

인생이 내추럴해지는 방법

황홀한 표정이 되어 손을 갈퀴처럼 뻗어 그것들을 만져 본다. 이건 정말 좋은 거름이 될 수 있는데…… 부서지는 마른 가지에 코를 박고 킁킁 냄새를 맡으며 이것을 먹고 자란 나무 열매들이 어떤 맛과 향기를 낼지 상상한다.

"주인 오기를 기다렸다가 이것 좀 얻어 가면 안 될까? 그냥 버리는 것 같은데."

귀찮은 일이지만 나는 대체로 그의 뜻에 따라 털고 버린 들깨단이나 이런저런 마른 식물 무더기 주인들을 찾아 얻어 낸다. 그는 트럭 가득 그것들을 싣고 포도밭으로 간다. '얘들아. 아빠가 뭘 가져왔는지 한번 보렴! 깜짝 놀랄 거다!' 하고 말하는 것처럼 차에서 마른 지푸라기들을 한 아름 안고 간다. 배고픈 아들에게 먹을 것을 주는 손길과 다름이 없다.

'이것 좀 봐, 들깨 가지야. 깨 냄새가 아직도 진동하네. 포도 열매에 들깻잎 향이 배겠다. 자자, 보채지 말고 천천히 먹어. 시간은 아직 많단다.'

우리 밭 골골은 이미 이웃 논에서 얻어 온 짚들로 수북이 덮여 있었다. 이웃 농부께서 볏짚을 그냥 가져가라고 하는 순간 우리는 친구들과 친구들의 친구들, 가능한 한 많은 사람을 죄다 불렀다. 혼자라면 한 달 걸려도 못할 일을 사흘에 걸쳐 모두 끝냈다. 한쪽에서는 짚을 끌어모으고, 또 한쪽에서는 트럭에 실어다 부려 놓고, 다른 한쪽에서는 그것들을 우리 밭에 깔았다. 평생 잊을 수 없는 힘든 일이었다.

"여기 이 깻단 주인이 누구예요? 우리가 가져가도 돼요?"

깻단만 보면 이런 소리를 하고 다녔더니 이제는 동네 어르신들이 연락을 한다. 자기 밭에도 깻단이 많으니 당장 가져가라는 것이다. 충주 시내 낙엽은 물론 여기저기 쌓인 지푸라기들 줍느라 태산으로 밀린 집안일을 하려는데 자꾸 전화가 온다.

"아니, 가져가라고 할 때 가져가야지!"

그리 말씀하신다. 바빠 죽겠는데 뭐라고 말씀드려야 할지 몰라 무작정 달려간다. 그런데 트럭도 들어갈 수 없는 꼬불꼬불한 밭에 집채보다 큰 깻단이 쌓여 있다.

"어머나, 이건 어떻게 가져가죠?"

내가 망연자실하니 아저씨가 이미 깻단 묶을 줄까지 곱게 준비해 두셨다.

"잘 보시게. 이렇게 줄을 놓고 그 위에 깻단을 가지런히 놓아. 그리고 깻단 위에 두 다리를 벌리고 앉아 팍팍 눌러야 해. 그래야 깻단이 슬슬 빠지지 않거든. 단으로 잘 묶어서 저쪽으로 굴려 가면 금방 끝나."

나는 바닥에 줄을 놓은 다음 깻단을 쌓아 그 위에 앉아 엉덩이로 마구 짓누르며 두 발로 모아 묶는다. 다섯 개쯤 하니까 허벅지에 쥐가 나고 입에서 끙끙 소리가 흘러나온다. 저쪽에서 차분하게 무와 배추를 뽑던 아저씨가 와본다.

"예전에는 다 태워 버렸는데 이제는 그것도 못하니까 사람 몸이 고생이지. 하다 보면 요령이 생길 거야."

한마디 하신다. 먼 산에 새가 울고 해가 떨어지기 시작한다. 금방 추워진다. 이마에 맺힌 땀이 서늘해지면서 오한이 나려고 한다.

"이제 그만하고 가야지. 내일 또 하면 돼."

배추 뽑던 아저씨가 밭을 떠나면서 무와 배추를 한 보따리 주신다. 우리는 트럭 가득 싣고 온 깻단을 포도밭에 부려 놓는다.

'이런 거 끌어모으는 건 이제 정말정말 끝이다!'

이렇게 결심하지만 시내 입구에 수북이 떨어진 은행잎을 보고는 자동적으로 소리친다.

"스톱! 스톱!"

누가 먼저 가져갈까 봐 후다닥 내려서 차 안으로 쑤셔 넣는다. 은행잎과 은행알이 섞인 포대기는 차 안 가득 똥거름 냄새를 풍긴다. 은행알과 은행잎은 하루 종일 다려서 그 물을 잘 보관해 두면 다음 해 해충 퇴치 농약으로 쓸 수 있다. 문제는 하루 종일 은행알을 삶으면 집 안에 똥거름 냄새가 진하게 들러붙어 떨어지지 않는다는 것이다. 솔직히 나는 자연이 주는 이 똥냄새가 싫지는 않다. 그런데 사람들이 와인 양조장에 들어왔는데 이층에서 나는 이 꿀꿀한 냄새는 어떻게 된 건가 의문을 가질 게 걱정이다. 결국 두 번째에는 가스불을 마당에 내놓고 은행알을 끓이기로 했다. 예쁜 차를 새로 산 지 얼마 되지도 않았는데 차 안 가득 붙어서 사라지지 않는 똥냄새도 문제였다. 솔직히 나는 괜찮다. 다른 사람이 내 차를 탔을 때가 문제다.

"다시는 길거리에 널브러진 은행잎 포대기만은 줍지 않을 거야."

이렇게 말하지만 내년 가을이 되어 봐야 알 것이다. 낙엽이든 깻단이든 보기만 하면 자동적으로 차를 세우거나 다음 날이라도 혹시 아직 있나 싶어서 보러 가니, 내 몸속에도 농부의 피가 흐르고 있나 보다. 이럴 줄은 진정 몰랐네.

인생이 내추럴해지는 방법

호밀을 뿌리면
기분 좋은 일이 생긴다

"호밀이 이렇게 키가 클 줄 몰랐네. 생각지도 않게 부자가 됐어. 호밀을 한 줌 뿌렸을 뿐인데 이렇게 숲을 이루어 주다니 정말 신기해! 키가 나보다 크다!"

레돔은 호밀 속을 돌아다니며 감탄한다. 비가 내리자 호밀이 흠씬 더 자랐다. 초겨울에 국립종자원에 연락해 뿌린 것이 겨울 내내 조금씩 자라더니 봄이 되자 무릎까지 올라왔다. 앞으로도 호밀은 매년 뿌릴 것이라고 한다. 포도밭을 만들겠다면서 철철이 호밀 씨를 뿌리다니 무슨 짓인지 이해하기 어려웠다. 호밀밭의 파수꾼이라도 되겠다는 건가? 그의 호밀에 대한 칭송은 입이 마를 정도다.

"밭을 일굴 때 가장 먼저 호밀이나 밀을 뿌려 주면 좋아. 땅을 보슬거리게 하고 나중엔 퇴비가 되잖아. 겨울에도 땅을 벗겨 놓는 건 좋지 않거든. 잡초라도 덮여 있어야 해. 태양이나 비바람은 맨땅을 공격해서 흙 속에 사는 미생물들은 다 죽여 버려. 겨울에 호밀을 뿌리면 겨울 동안 땅을 보호하고 그것이 자라면 베어서 뉘여 바로 퇴비로 만들 수 있잖아. 호밀을 뿌리면 좋은 일만 생겨.”

레돔은 대체로 맞는 말만 하기 때문에 듣기 싫다. 쓸데없이 일만 많아진다. 지난겨울 밭을 갈기 위해 빌려 온 관리기는 너무 낡아서 자주 시동이 꺼졌고 언덕을 내려오면서 몇 번이나 뒤집어져 다칠 뻔했다. 돌이 많은 땅이라 날이 부서지고 나사가 풀리기도 했다. 몇 시간씩 흙을 파헤치며 작은 나사를 찾아 헤맸다. 2천 평 땅을 갈아 씨를 뿌릴 때 힘들었다.

그러나 겨울에 싹이 파릇파릇 올라올 때는 신기했다. 흰 눈 속에 초록은 더욱 빛이 났다. 이웃 복숭아 농부의 개가 어린 호밀 싹을 좋아해서 산책 갈 때면 이곳에 들러 호밀을 뜯어먹었다. 개는 기분 좋은 소리를 내면서 어린 호밀 싹을 뜯었다. “개 풀 뜯어먹는 소리”라는 말에 해당하지 않는 개였다. 산에서 내려온 노루와 토끼도 풀을 뜯고, 멧돼지도 호밀 싹을 훑어 먹었다. 밭에는 아침마다 토끼똥, 노루똥, 개똥, 멧돼지 발자국이 어지럽게 흩어져 있었다.

“이 파란 잡초들은 뭐죠? 호밀이라고요? 포도밭에 왜 호밀을 뿌렸죠?”

봄에 포도밭에 나무 심기를 도우러 온 청년들이 초록 풀로 덮인 밭을 보고 질문을 했다.

"이렇게 자란 호밀은 나무에 필요한 영양소인 탄소를 만든답니다. 땅속으로 길게 내린 뿌리들은 물을 가득 머금고 있어 여러 미생물과 박테리아가 붙어살고요. 지렁이들이 뿌리 사이를 헤엄쳐 다니고 있을 겁니다. 밭에 호밀을 뿌리면 좋은 일이 한두 가지가 아니랍니다."

이런 말을 하면 도시 청년들은 굉장히 신기해한다. 소독하지 않은 호밀 씨를 구해 달라고 할 때만 해도 귀찮게 생각했는데 호밀이 자라는 것을 보니 나도 모르게 웃음이 퍼졌다. 매일매일 키가 자라 바람에 살랑살랑 흔들릴 때 풍경이 너무 좋아서 자꾸 밭에 가고 싶게 만들었다. 지금쯤 호밀이 얼마나 더 자랐을까, 땅속 뿌리에 붙어 사는 박테리아와 지렁이가 궁금하고 자다가도 바람에 물결치는 그 풍경이 그리워졌다.

"이제 호밀을 베어 눕혀야 될 때가 된 거 아니야?"

키가 너무 자라서 이제 포도나무는 보이지도 않는다. 호밀밭이 되어 버렸다. 그러나 그는 뭐든지 확 베거나 확 뽑아 버리는 것을 좋아하지 않는다. 일단 일기예보부터 확인한다. 날씨에 따라 호밀이 해야 할 역할이 있기 때문이다.

비가 오지 않을 때는 호밀을 베면 안 된다. 새벽에 내린 이슬을 받아 아래로 흘려 포도나무 발치가 마르지 않도록 촉촉하게 감싸 주기 때문이다. 목마른 아기에게 마실 것을 주는 엄마와 같다. 뜨거운 뙤약볕이 내리쬘 때는 그늘을 만들어 시원하게 숨 쉴 수 있게 해준다. 밀짚모자를 씌워 주는 아빠와 같다. 그러니까 비가 오면 호밀을 어떻게 하겠다는 것이다.

봄비가 두 번 내리고 한 번 더 내리자 호밀은 성큼 더 자랐다. 태양을 가려 어린 묘목이 자라지 못할 정도가 되었다. 호밀을 모두 베어야 할 때가 온 것이다. 하지만 호밀 전문가 레돔의 생각은 달랐다.

"베지 말고 눕히는 게 좋겠다. 포도나무 앞에서 태양을 가리는 남쪽 호밀만 모두 밟아서 눕히고 뒤쪽은 그냥 둬. 봄이라도 북쪽에서 부는 바람이 매서우니까 병풍처럼 북풍을 막아 줄 거야."

나는 장화를 신고 포도나무 남쪽에 심어진 호밀을 밟아 눕히기 시작했다. 사그락사그락 소리를 내면서 호밀이 눕는다. 어느 프랑스 시인의 시구가 저절로 흘러나왔다. 시몬, 너는 좋으냐 호밀 밟는 발자국 소리가…… . 호밀 빛깔은 정답고 모양은 쓸쓸하다. 바람에 흩어지면 호밀은 나지막이 외친다. 시몬, 너는 좋으냐 호밀 밟는 소리가…… 가까이 오라, 우리도 언젠가는 호밀이니 가까이 오라, 밤이 오고 바람이 분다…… 시몬, 너는 좋으냐 호밀 밟는 소리가…… .

남쪽으로 난 호밀을 모두 눕히니 한쪽 길이 훤해졌다. 이제 어린 포도나무는 북풍을 가려 주는 뒤쪽 호밀에 기대어 햇빛을 한껏 받으며 자랄 것이다.

농사가 힘들다고 하지만 호밀이 있으면 좋은 일이 생긴다. 게으른 농부도 자꾸 밭에 가고 싶어진다. 밟아서 눕힐 때 나는 소리도 좋지만 바람이 불 때마다 물결치는 풍경은 마음을 설레게 한다. 호밀 싹을 먹고 자란 복숭아 농부의 개는 이 풍경을 보고 듣기 좋은 소리로 멍멍 짖어댄다. 호밀 시를 읊는지도 모르겠다. 한 달 후면 호밀을 수확해야 할 것 같다. 내년에 뿌릴 씨앗을 남겨 두고 호밀빵 두어 개 구워 먹을 정도라도 나오면 좋겠다.

자연의 고수들이 모여드는
무림의 숲 포도밭

태초에 포도나무라는 것이 있었다. 모든 나무의 목표는 하나다. 자신의 씨앗을 멀리멀리 퍼뜨리는 것. 그 목적을 이루기 위해 포도나무는 새들을 이용하기로 했다. 먼저 포도나무는 씨앗을 숨긴 작고 달콤한 열매를 만들고 말했다.

"새들아 이리 오렴. 내 너희들이 먹기에 꼭 알맞은 작고 달콤한 열매를 만들었지. 많이 먹고 멀리멀리 지구 저 반대편까지 날아가 똥을 싸주렴!"

이렇게 해서 포도나무는 온 세상으로 퍼져 나갔다. 말이 없는 포도나무지만 알 것은 다 안다. 어떻게 하면 새들을 쉽게 만날지도 안다. 포도나무의 꿈은 새와의 만남이다. 포도나무는 새들이 앉을 만한 높은 나무에 올라가기 위해 넝쿨을 만들어야 했다. 그래서 포도나무는 잎들은 햇빛을 좋아하고 뿌리 쪽은 그늘진 것을 좋아하는 성격이 되었다. 나무들의 성향은 모두 살아남기 위한 방편이다. 움직이지 못하기 때문에 그만큼 더 머리를 굴리며 사는 전략가들이다.

와인에 취한 인간들도 포도나무의 전략에 말려들어 간 것과 같다. 끝없이 나무를 심고 돌보고 먹고 씨앗을 퍼뜨린다. 그러나 산속의 포도나무와 달리 인간이 가꾸는 포도나무는 그냥 심기만 하면 되는 것이 아니다. 포도나무를 심고 대나무 지지대를 박아야 한다. 1미터짜리 대나무 지지대 1,500개를 박고 나면 포도나무 끝 줄 양쪽에 3미터짜리 기둥을 적어도 400개를 박아야 한다. 그 뒤에는 기둥과 기둥을 이어 주는 유인철사줄을 묶어야 한다. 그리고 포도나무 가지를 유인줄에 묶어야 한다.

가장 먼저 포도나무 지지대로 쓰일 대나무를 박기 시작했다. 레돔이 지지대로 대나무를 박고 싶다고 할 때 이 남자는 왜 이렇게 나를 고달프게 할까 싶었다. 요즘에는 대나무 대신 모두 쇠로 된 막대기를 쓴다고 했다. 대나무 구하기가 쉽지도 않았다. 어찌어찌 알아서 대나무를 구해다 박기 시작했다. 그런데 재미있는 것은 이 대나무를 제일 먼저 알아본 게 새들이라는 사실이다. 언제부턴가 새들이 포도나무마다 꽂힌 지지대 위에 날아와 한 자리씩 차지하고 노래를 불렀다. 똥도 쌌다.

새들이 포도밭에 날아와 잔치를 하니 나는 뭔가 불안했지만 레돔은 개의치 않았다. "포도나무 있는 곳에 새들이 오는 것은 자연스러운 일"이라고 했다. 더구나 새똥에는 미네랄이 엄청 들어 있어서 새 한 마리의 똥이면 포도나무 한 그루에 필요한 미네랄 양으로 충분하다고 했다. 새들이 대나무 꼭대기에 앉아 찌찌삐삐 할 때면 '이건 내 나무야', '여긴 내 자리야!', 이렇게 지저귀는 것처럼 들렸다.

그런데 대나무가 자기 것이라고 주장하는 또 다른 것이 나타났다. 바로 개구리였다. 비가 내린 뒤 대나무 꼭대기 속에 물이 차곡하게 고여 있는 것을 어떻게 알고 새끼손가락보다 작은 개구리가 그 속에 들어가 살기 시작했다. 촉촉한 은신처에 숨었다가 포도나무에 벌레들이 보이면 잽싸게 잡아먹고는 다시 은신처로 돌아갔다. 대나무마다 작은 초록색 개구리들이 득시글거리니 이놈들을 잡아먹겠다고 나타난 놈이 있었다. 뱀이었다. 포도밭 바위 옆에 똬리를 틀고 개구리를 사냥할 기회를 노리고 있었다. 아, 이건 정말 큰일이다!

설상가상 산비둘기까지 산에서 떼를 지어 우리 밭으로 내려왔다. 쓰러져 바닥에 떨어진 호밀을 파먹기 위해서였다. 처음엔 두어 마리더니 이제는 온 산의 것들을 데려왔는지 한 스무 마리가 와서 매일 호밀 타작을 해댔다. 그런데 뒤이어 나타난 것이 매였다! 엄청나게 넓은 날개를 펼치고 포도밭 위 하늘을 빙빙 돌고 있었다. 매는 보기 어려운 귀한 새라고 하는데 하늘을 도는 모습은 여유롭고도 위엄이 넘쳤다. 그러다 순식간에 비둘기를 채어 갔다. 사람이 없을 때는 밭에서 해치우는지 비둘기 날개가 수북하게 흩어져 있었다. 발치에서 푸드덕거리는 소리를 내며 놀라게 하는 꿩도 왔다. 수안보는 꿩으로 유명해서 길 가다가도 수시로 꿩을 만난다. 꿩은 비둘기보다 많이 느리다. 마지막 순간에 푸드덕거리며 놀란 닭처럼 튀어 오른다. 이 정도면 포도밭이 아니라 잡아먹고 먹히는, 곳곳에 고수들이 숨어 있는 무림의 숲 같다.

그렇다면 포도밭의 최강 고수는 누구일까. 매? 아무래도 인간이 아닐까 싶다. 인간이 나타나는 순간 모든 것이 정지된다. 신나게 타작하던 산비둘기도 날아가고 무서운 뱀도 숨을 죽인다. 풀들도 긴장하고 개구리도 날벌레들도 숨어 버린다. 하늘의 제왕 매조차 빙빙 돌다 사라진다. 인간을 공격해서 잡아먹을 천적은 없다. 인간은 포효한다. 지구 위에서 내가 제일 힘이 세!

그러나 재미있게도 인간의 천적은 인간이다. 알기나 하는지 모르겠다. 안다면 이렇게 자연을 막 대하지는 않겠지. 독한 것들을 땅에도 뿌리고 하늘에도 팍팍 뿌린다. 나쁜 벌레를 죽인다면서 좋은 벌레도 죽인다. 이 땅에 비가 내리면 독약과 빗물이 사이좋게 섞여서 냇물로 흘러 강물로 간다. 그리고 그 독들은 사랑해 마지않는 우리 자식들의 입으로 간다. 그러니 인간의 천적은 인간이다. 인간은 바보다. 이런 말을 하고 다니면 바로 욕이 날아온다.

"니가 농사가 뭔지 알기나 하냐, 니 포도밭이나 좀 봐라! 아주 난리가 났구나!"

정말 우리 포도밭이 문제긴 하다. 어떻게 될지, 이렇게 해서 열매를 건질 수나 있을지 걱정이 태산이다.

'인생은 아름다워'
농법

"저렇게 심으면 포도나무 다 얼어 죽을 텐데 말입니다. 프랑스 남
자라서 뭘 모르나 본데 여긴 한국이라니까. 겨울 넘기기 힘들어요.
올겨울에도 많이 얼어 죽었을 텐데. 그리고 포도밭에 저렇게 보리랑
귀리를 잔뜩 뿌려서 어쩌려고 해요? 아직 어린 포도나무에게는 호
밀이 저렇게 자라면 안 좋아요."

프랑스 남자와는 대화가 안 되니까 내가 밭에 가면 이웃이 와서
이런저런 말들을 한다. 나는 걱정되지 않을 수 없다. 우리 밭을 보
면 사람들이 다 입을 댄다. 뭐가 뭔지 모르겠다고 한다. 포도밭이라
고 하는데 안에 들어가면 온갖 나무들이 자라고 있다. 풀들도 엄청
나다. 어디에 무엇이 숨어 있는지 모르겠다. 밭이 아니라 숲인 것 같
다. 나는 사람들이 그런 말을 하면 괜히 부끄럽고 짜증이 난다.

"비 가림 하우스를 하지 않으면 겨울에 다 얼어 죽을 거라는데. 이렇게 농사지어서 열매를 딸 수 있을까? 이런 방식으로 농사지어서 우리 먹고살 수 있을까? 아, 사람들이 우리를 걱정해."

내가 이렇게 말을 옮겨 주면 그는 모욕당한 것처럼 찬바람을 휙 일으키면서 멀리 가버린다. 알고 보니 남의 말을 잘 안 듣는 남자다. 예전에는 몰랐는데 고집불통이다. 화도 부르르 잘 낸다. 이래서 부부는 같은 일을 하면 안 된다. 몰랐던 단점을 알게 되고 점점 미워진다. 그냥 말을 전해 주었을 뿐인데 저렇게 화를 내다니, 저 남자와 죽을 때까지 같이 살 자신이 없어진다. 나 또한 남편 꼴이 보기 싫어서 멀찍이 떨어진 작은 언덕으로 가서 일을 시작한다.

이 작은 언덕은 밭 한가운데 있는 돌무더기다. 돌과 바위로 가득 차 있어서 덕분에 개간되지 않고 야생의 상태로 버려져 있다. 이곳에서 한참 돌을 만지다 보니 기분이 좀 풀렸다. 나는 이 언덕을 '시어머니의 정원'이라고 부르기로 했다. 천리만리 타국에서 고생하는 아들을 생각하면 시어머니 마음이 얼마나 아플까. 거기에 여자가 잔멸치 볶듯 달달 볶아 대는 걸 보면 가슴이 찢어지시겠지. 남편이 미워질 때마다 이곳에 올라와서 시어머니를 생각하기로 했다. 그리고 과일밭은 '엄마의 밭'이라고 이름 지었다. 시어머니의 정원엔 꽃을 심을 것이고 엄마의 밭에는 온갖 과일나무들이 자라 달콤한 열매를 줄 것이다. 이렇게 이름 붙이고 나니 좋았다. 두 늙은 여자가 지켜 주는 땅이니 앞으로 우리 인생은 아무 걱정 없겠지.

"어, 이게 뭐지? 내가 아는 나무 같기도 하고……."

야생의 돌 언덕을 뒤덮은 복분자나무를 걷어 내니 그 사이에 구불구불하게 바닥을 기어 가는 굵직한 나무줄기가 나왔다. 나는 레돔을 불렀다. 그는 어떤 풀이든지 자기 허락 없이 뽑아내는 것을 좋아하지 않는다. 그는 무릎을 꿇고 땅에 유심히 살피더니 이렇게 말했다.

"아아, 이건 포도나무야!"

레돔은 백 년 동안 꿈꾸던 여자를 만난 것처럼 볼이 빨갛게 상기되어 소리쳤다. 코를 땅에 대고 사방으로 뻗은 나무줄기를 따라다녔다.

"바오바브나무 아니야? 넝쿨로 여기저기 온통 휘감고 있잖아. 당장 뽑아 없애야 해. 내 정원을 다 망치게 생겼어! 당장 뽑아 버려야 해!"

이런 일에 그는 내 말은 듣지도 않는다. 집착증 환자처럼 온 언덕을 샅샅이 뒤지더니 이윽고 결론을 냈다. 몇십 년 된 야생 포도나무를 찾다니 흥분하고 신이 난 표정이다.

"확실히 포도나무가 맞아. 그런데 어떤 품종인지는 열매가 열려야 알겠군. 생긴 모양으로 봤을 때 일부러 심은 것 같지는 않고 사람이나 새가 먹다가 버린 씨앗에서 나온 싹이 나무가 된 것 같아. 재미있는 건 이 언덕 남쪽을 다 덮고 있다는 거야. 어디 보자……. 가지치기를 해서 뿌리마다 버팀나무를 세워 줘야겠군. 어휴, 너 그동안 잘도 숨어 있었구나!"

그는 포도 넝쿨들을 하나하나 일으켜 세우며 사랑의 밀어를 퍼부어댔다.

"아마도 여긴 옛날에 떡갈나무숲이었을 것 같아. 이것 봐. 떡갈나무를 벤 둥치야. 백 년은 된 것 같지 않아? 베지 말고 그냥 뒀더라면 참 좋았을 텐데!"

그는 이 언덕에 살다가 사라진 모든 나무를 아쉬워한다. 특히 늙은 떡갈나무는 미생물을 폭발적으로 많이 가지고 있어 주변의 병든 식물들을 치유해 준다고 한다. 식물들의 뿌리는 본능적으로 떡갈나무가 있는 곳으로 향해 가는데, 거기에 가면 온갖 좋은 박테리아들을 만날 수 있다고 한다. 말하자면 온갖 전통요법을 알고 조제해 주는 동네 할아버지와 같은 존재인 것이다. 아이가 아프면 무조건 동네 할아버지를 찾아가는 엄마처럼 식물들도 몸이 아플 때는 떡갈나무 할아버지를 찾아가는 것이다. 그가 이런 이야기를 할 때면 나는 정말 신기해서 그를 본다. 몇 년 전만 해도 그냥 월급쟁이 엔지니어였다. 어떻게 이런 것들을 다 아는지 모르겠다. 떡갈나무 신의 계시라도 받은 걸까.

"사람은 혼자 살 수 없잖아. 나무들도 여러 종이 함께 어울려 살 때가 제일 좋아. 모자란 것을 서로 주고받을 수 있거든. 포도밭에 복분자랑 복숭아나무, 보리수나무, 회화나무 같은 여러 나무들을 심는 것도 서로서로 모자란 것을 주고받는 환경을 만들어 주기 위해서야. 인간 사회의 이상적인 민주주의 형태 같다고 할까. 특히 이 복분자는 500미터까지 떨어진 떡갈나무 뿌리에 붙은 미생물들을 밭으로 데리고 와. 먼 숲의 소식을 알려 주는 정령과도 같지. 포도밭에 없어서는 안 될 나무야."

밭에서 듣는 레돔의 이런 이야기는 나를 조금 진정시켜 주는 안정제 같은 역할을 해준다. 나의 떡갈나무 아저씨다. '이렇게 농사짓고 술 만들어서 먹고살 수나 있을까' 하는 불안감과 불만을 사라지게 한다. 며칠 뒤에 다시 그것들이 찾아온다는 것이 문제긴 하지만.

"요즘 어떤 수도사의 농업 이야기를 읽고 있는데 정말 재밌어. 그 수도사 농법의 시작은 '인생은 아름다워'라는 거야. 이런 긍정적인 출발이 땅과 나무들을 건강하게 만든대. 그러니 나무가 얼어 죽을 거라는 둥 잡초가 많아 문제라는 둥 비관적인 말은 안 하면 좋겠어."

나는 반성하고 그런 바보 같은 말 대신 포도나무에게 이렇게 말한다.

"그래, 인생은 아름다워…… 정말 그렇네!"

인생이 내추럴해지는 방법

제5장

후회 없이 꿈꾸고 있으니
걱정은 말아 줘

양조장의 앞날 또한 어떻게 될지 모르겠다.
우리의 미래가 쉬워 보이지는 않지만
분명한 것은 지금 이 순간 우리는 후회 없이 꿈꾸고 있다는 것이다.

맞절도 안 하고 볼에다 뽀뽀를 하는
프랑스 사돈이 한국에 오다

"'레몽 씨, 안녕하세요. 한국 우리 집에 오신 것을 환영합니다.'
이거를 프랑스 말로 우에 하노? 아이고, 사돈을 만나마 무슨 말을
할꼬. 할 말은 태산 같은데 말을 할 수 없으니……."

프랑스에서 시아버님이 온다는 소식을 접하자 친정어머니는 하고
싶은 말을 빼곡하게 적어 와서 프랑스말로 바꿔 달라고 했다. 밥은
잘 묵심니껴, 챙겨 주는 사람도 없는데 혼자 밥을 어째 채리 드십니
껴, 어데 아픈 데는 없지예, 비행기 타고 온다고 얼마나 욕봤심니껴,
사돈 돌아가시고 얼마나 애통하십니껴, 따님들도 잘 있지예, 한국
음식 먹고 싶은 거는 뭐지예, 어데를 가시고 싶은지 다 말씀해 주시
소, 산 좋고 물 좋은 대한민국에서 오래오래 계시다 가시소……. 삐
뚤삐뚤 틀린 철자로 빼곡하게 써서 가지고 왔다.

"금쪽같은 아들을 타국 멀리 보내 놓고 얼매나 애가 타겠노. 얼매나 보고 싶겠노."

"엄마, 이 문장들을 다 못 외워요. 진짜……. 내가 적어 준 걸 그대로 말해도 아버님은 이해도 못하실 거예요."

"야가 뭐라카노. 다 할 수 있다! 니는 그냥 다 적어 주마 된다, 프랑스 말로."

뛰망쥬 빙엥 빠드 프로블렘 따 상떼 세떼빠 트로 파티게 똥 부아 유쥐 꼬망세 트리스트 루시 에 빡띠 께스끄 뛰 버 망쮀……. 엄마가 종이에 코를 붙이고 말도 안 되는 프랑스어를 중얼거리는 것을 보면 이상한 신과 접신하는 할머니 무당같이 보이기도 하고, 우등생이 되고 싶은 열등생의 시험공부 현장 같기도 했다.

"그럼 알자스는 어떻게 하고? 이 집에는 누가 살고, 이 많은 가구는 어떻게 하겠다는 거냐. 너희 할아버지의 할아버지 때부터 내려오는 건데. 8월 벼룩시장에 내다 팔아야 한다는 말이냐. 부모가 죽으면 자식들이 내놓고 파는 그 벼룩시장에 말이다."

우리가 한국에 가서 살겠다고 했을 때 시아버님은 이렇게 말씀하셨다. 가구와 그릇 핑계를 댔지만 사실 아버님은 알자스를 떠나 동양에 가서 살겠다는 아들을 이해할 수 없다는 표정이었다. 알자스는 우리에게 알퐁스 도데의 〈마지막 수업〉의 배경지로 알려진 곳으로, 독일과 프랑스 국경에 있는 지방이다.

알자스 사람들의 특징은 자기 지역에 대한 자부심과 사랑이 대단하다는 것이다. 세상에서 풍광이 제일 아름답고, 음식이 제일 맛있고, 제일 살고 싶은 곳은 어디도 아닌 바로 알자스라고 생각한다. 그래서인지 알자스는 프랑스에서 인구 유출이 가장 적은 지방 중 하나이며 나의 시댁 식구들도 모두가 그곳에서 살고 있다.

그런데 막내아들만이 알자스를 떠나서, 그것도 멀고 먼 동양으로 가겠다니 아버님에게는 날벼락과 같았다. 우리가 한국으로 오는 날 아버님은 여기저기 아픈 곳을 나열하면서 오래 살지 못할 것이라고, 이것이 마지막 만남일지도 모른다고, 몇 년 전 떠난 시어머니 루시를 만나러 갈 것이라고 울적한 얼굴로 말씀하셨다.

"한국에 오세요. 가을 날씨가 제일 좋으니 그때 오시면 돼요."

이렇게 말했지만 아버님은 고개를 저었다. 절대 비행기를 탈 수 없을 것이라고, 비행기 안의 건조한 공기와 긴 비행 시간이 두렵다고 했다. 한국에서 아프기라도 하면 병원도 가지 못할 것이고 바로 죽을 텐데 어떻게 가겠느냐고…….

"아아, 그럼 마음대로 하세요!"

우리는 화를 내면서 알자스를 떠났다. 결코 오시지 않을 것이라고 생각했는데 아들을 보러 오겠다고 했다.

"얘야, 한국에 한번 가보고 싶구나. 지금 안 가면 절대 못 갈 것 같다. 너희들이 사는 나라니 아무리 멀어도 죽기 전에 한번은 가봐야지. 아들과의 마지막 만남이라고 생각하고 가는 거다."

아버님은 간호사인 큰딸을 대동하고 가방 한가득 비상약을 챙겨서 한국으로 왔다. 친정으로 가는 길에 아버님은 친정어머니 '끔쑤' 씨의 안부를 물었다.

"끔쑤 아니고요, 금순이라니까요."

끔쑤 씨는 아침부터 아파트 마당에 나와 서성거리며 눈에 보이는 작은 꽃들을 따서 한 묶음 만들어 기다리고 있었다. 2003년 프랑스에서 있었던 우리 결혼식에 어머니가 왔고, 그때 처음으로 사돈 간의 만남이 있었다. 결혼식 피로연에서 아버님은 친정어머니와 빙글빙글 돌아가는 왈츠춤을 추었는데, 그것은 두고두고 어머니 인생의 핫한 이야깃거리였다.

"우리 사돈 레몽 씨는 춤을 어찌나 잘 추는지 내 손을 잡고 빙빙 돌리는데 선수더라, 선수. 거기다 그쪽 사람들은 사돈끼리 맞절도 안 하고 끌어안고 이 볼에다 뽀뽀를 하더라 아이가. 아이고 프랑스 사람들 참말로 쌍놈들이재."

일흔에 처음 만나 춤을 추었던 두 사람, 여든다섯이 되어 다시 만났다. 아버님은 친정어머니 볼에 쪽쪽 소리가 나게 뽀뽀를 했다. 어머니는 쪽지를 펴 커닝을 한 뒤 수줍게 말했다.

"봉주르 머슈 레몽. 비엥버니 꼬레 쉐 무아……(레몽 씨, 안녕하세요. 한국 우리 집에 온 걸 환영합니다)."

그러고는 아파트 화단 잔디들 속에서 갈취한 작은 꽃다발을 내밀었다. 백발의 노신사는 길쭉한 코를 한국의 잡초 꽃에 박으며 말했다.

"메르시 보쿠 끔쑤운……. 가, 감사압니다……."

위층엔 한국 라디오,
아래층엔 프랑스 라디오

"프랑스에서 오랫동안 사셨다고요? 그런데 사투리를 굉장히 쓰시네요."

한국에 정착한 뒤 곧잘 듣는 말이다. 프랑스에 살다 오면 다들 프랑스 배우처럼 입고 한국어도 표준어를 쓰는 세련된 여성일 것이라고 생각한다. 그런데 파리에서 한국 사람들을 만나면, 오래 산 사람일수록 고향 말을 많이 쓴다. 한국어를 들을 기회가 없기 때문에 개인의 언어는 한국 표준어가 아닌 태초의 언어로 돌아간다. 패션 감각 또한 고국을 떠날 때 가장 유행하던 차림이 계속 유지된다. 그래서 외국에 오래 산 사람일수록 촌스러운 경향이 있다. 특히 온갖 나라 사람이 모인 파리는 한물간 옷을 입고 각자의 고향 사투리를 구사하는 사람들이 가득하다. 국제적으로 촌놈들이 모여 그것이 개성이 된 도시다.

"당신은 한국말 할 때는 딴사람 같아. 프랑스어를 할 때와는 너무 달라. 프랑스어를 할 때는 목소리가 낮고 차분하면서 부드러워. 그런데 한국어를 시작하면 톤이 높고 빨라지면서 엄청 시끄러워. 같은 사람 같지가 않단 말이야."

레돔은 내가 한국말을 할 때마다 신기하다는 듯이 이렇게 말한다. 프랑스어는 낯선 언어기 때문에 말할 때 늘 조심스럽다.

'아, 내가 하는 이 프랑스어는 정말 엉터리야.'

말을 하면서 이런 생각이 들기 때문에 조신하고 나지막하게 하는 것이 버릇이 되었다. 그러나 한국말을 할 때는 말 그대로 물 만난 물고기 격이다. 특히 고향 친구를 만나면 하늘이라도 찌를 듯 등등해진다.

의사를 전달하는 것만이 언어의 목적은 아니다. 그것을 가지고 춤을 출 수 있어야 한다. 먹고사는 데에는 지장이 없었지만 프랑스어로는 내 맘대로 까불 수가 없으니 물고기는 늘 헐떡거리며 목이 말랐다. 프랑스가 아무리 좋다 해도 한국이 아무리 살기 힘들다 해도 이곳에 돌아오고 싶었던 가장 큰 이유는 언어다. 모국어를 다시 찾아 그 강에서 헤엄치는 즐거움을 누리고 싶었다. 그런데 문제는 레돔이다. 한국에 온 뒤 그와 나는 반대 처지가 되었다. 우리가 사는 충주 땅에 프랑스어를 쓰는 사람이 몇 명이나 있을까? 어딘가 두 명쯤 더 있을지도 모르겠다. 그러나 한 번도 만난 적이 없으니 없는 것과 같다.

"있잖아. 어제 꿈속에서 무슨 소리가 들리는데 괜히 기분이 좋은 거야. 캄캄한 저 끝 어디서 들려오는 소리였어. 나도 모르게 계속 따라갔다. 가보니까 프랑스어를 쓰는 사람들이 치즈를 얹은 빵을 불 위에 구워 먹고 있더라니까. 반가워서 프랑스어를 엄청 많이 했어. 그런데 아침에 깨니까 정말 목이 아파. 아, 진짜."

전날 불에다 고구마를 구워 먹었는데 그런 꿈으로 변주되어 돌아오다니.

"꿈속에서 프랑스어라니 너무 가엾다. 할 말 있음 나한테 하면 되잖아."

나의 말에 그는 으쓱하며 요즘 내 프랑스어가 너무 엉망이라고 했다. 그의 말을 제대로 듣지도 않고 대화를 반 토막 내버린다는 것이다. 솔직히 나는 요즘 집중해서 들어야 하고 말할 때는 머리를 써야 하는 프랑스어가 귀찮아졌다. 그는 사랑이 식어 버려서 그렇다고 하고, 나는 늙어서 그렇다고 한다. 사실은 둘 다인 것 같다.

"휘이이익 휘이이익……."

그런데 어느 날 정말 이상한 장면을 보게 되었다. 점심을 먹고 마당에 나와 차를 마시고 있을 때였다. 레돔이 어딘가를 향해 휘파람을 불었다. 그러면서 나에게 쉿 하고는 귀 기울여 보라는 표정을 지었다. "삐이이 삐이이", 나무에서 이런 소리가 날아왔다. 새들이 내는 소리였다. 이번엔 오른쪽 끝 나무를 향해 휘파람을 부니 거기서도 "찌찌비 찌찌비", 이런 소리가 들려왔다.

"지금 새랑 대화한 거야? 뭐라고 물었더니 뭐라고 대답하는 거야?"

나는 놀랍기도 신기하기도 했다. 같이 사는 여자랑 대화가 안 되니까 꿀벌에게도 포도나무에게도 말을 걸더니, 이제 새에게도 말을 거는가 보다.

"솔직히 쟤들이 무슨 소리 하는지는 나도 몰라. 그냥 휘파람을 부니까 저렇게 화답을 하네. 언젠가 내 손등에 앉아 주면 좋겠어."

이렇게 말할 때 그의 얼굴은 사랑에 빠진 것 같다. 하긴 지금까지 새에게 쏟은 정성이라면 어떤 여자라도 넘어올 정도다. 충주에 이사 온 뒤 레돔이 가장 먼저 한 일은 새집 만들기였다. 작은 새가 드나들 수 있는 작은 구멍이 뚫린 집부터 중간 크기 구멍, 꽤 큰 구멍이 있는 새집 등 온갖 종류의 새들을 생각하며 다양한 새집을 달았다. 그러나 새들은 새집을 거들떠보지도 않았다. 레돔은 과일과 해바라기 씨를 놓아 주며 '세입자'가 오기를 기다렸다. 한국에는 새집을 만들어 다는 사람이 없어서 새들이 새집에 익숙하지 않다고, 한국 사람의 습관을 원망했다. 나는 새집 만드느라 들인 비용과 시간이 아깝다고, 새를 그렇게 사랑하는 것이 무슨 쓸모가 있느냐고 말했다. 그는 곰곰이 나를 설득할 말을 찾는다.

"새집을 만들어 달면 새가 날아와 노래하는 소리를 들을 수 있잖아. 처음엔 해바라기 씨를 먹으러 오지만 단백질을 보충해야 하기 때문에 나무에 붙은 해충을 잡아먹어. 그리고 또 똥을 싸면 나무 아래로 떨어져 그대로 거름이 되잖아. 가끔은 신기한 씨앗이 똥 속에 들어 있어서 생각지도 않은 귀한 식물이 싹을 틔우기도 해. 새집 하나를 만들어 달 뿐인데 인간에게 돌아오는 득이 대체 몇 개야?"

그러나 내가 보기에 새들은 씨를 먹고 똥만 싸고 날아가 버린다. 간혹 빈 새집에 깃털이 있었지만 살림을 차리지는 않았다. 지난해 봄에는 박새가 그 많은 새집을 두고 우체통에다 알을 까고 새끼를 부화시켰다. 박새 가족이 우리 집 터줏대감이 되어 호록거리며 날아다니자, 다른 새들이 기웃거리며 빈 새집에 둥지를 틀까 말까 망설이며 날아다녔다. 이렇게 한 해가 지나니 대여섯 종류의 이름 모를 새들이 날아왔다.

새집 구멍에 쏙 들어갔다 쏙 나오는 것이 보였다. 해바라기 씨를 한두 알 집어먹더니 쫑긋쫑긋거리며 둘러본 뒤 나뭇가지에 붙은 뭔가를 톡톡톡 쪼아 먹었다. 레돔은 그들이 해충을 잡아먹는다고 했다. "삐리리 삐리리", 듣기 좋은 소리를 내기도 했다. 새와 대화하는 남자라니 왠지 부러워서 나도 휘파람을 불어 본다. 신기하게 새들은 나만 보면 달아나 버린다. 낙엽이 하늘로 거꾸로 떨어지듯이 포르르 무정하게 날아가 버린다. 그런데 레돔이 앉아 있으면 여기저기서 새들이 날아온다. 휘파람을 불면 예쁘게 화답을 해준다.

"고독한 당신을 위해 내가 선물을 하나 해줄게."

레돔의 정서 안정을 위해 텔레비전에 프랑스 채널 케이블을 깔았다. 그는 아주 행복해했다. 매일 저녁 프랑스 채널만 본다. 저녁을 먹은 뒤 프랑스 뉴스를 보며 브레첼을 뽀작뽀작 먹는 그 시간은 레돔에게 모국어와 함께하는 무념무상 절대적 휴식의 순간이다. 그 때문에 나는 〈8시 뉴스〉를 볼 수가 없다. 채널권을 너만 가지냐고 따질 수 없다. 그래서 나는 세상일이 어떻게 돌아가는지도 모르고, 요즘 핫하다는 드라마나 연예 프로그램도 모른다. 매일 저녁 프랑스 텔레비전을 보면서 프랑스 뉴스를 듣고 프랑스 영화를 본다. 반쯤은 프랑스에 살고 있는 셈이 되어 버렸다.

아침에 일어나면 나는 거실에 나와서 한국 라디오를 켜고 아침 준비를 한다. 뒤늦게 나오는 그는 프랑스 라디오를 들으며 거실로 나온다. 둘 중의 하나는 꺼야 한다. 한국 라디오를 끈다. 밭에서도 그는 프랑스 라디오를 듣는다. 나는 내 라디오를 듣는다. 가까이에서 일할 때는 둘 중 하나를 꺼야 한다. 내 라디오를 끈다. 작업실에서도 우리는 라디오를 듣는다. 위층에서는 한국 라디오, 아래층에서는 프랑스 라디오, 둘이 만나면 내 라디오를 끈다. 여긴 한국이니까. 아무 불만 없다. 그가 새나 벌을 데리고 길고 긴 프랑스어 대화만 하지 않는다면.

인생이 내추럴해지는 방법

가끔은 프랑스 고향 맛이
그리운 농부에게

"버섯이랑 신선한 크림을 잔뜩 넣어서 조린 송아지 갈빗살, 이건 큰누나가 제일 잘해. 훈제한 돼지 넓적다리 푹 삶은 것에 여름감자 튀김, 포도나무에 구운 어린 양고기에 햇콩 삶은 것도 괜찮지. 작은 누나가 한 쿠스쿠스는 또 어떻고. 모로코 사람보다 매운 소스를 더 잘 만들어. 디저트는 슈납스 독주를 넣어 반죽한 케이크, 한가운데에 생크림이랑 산딸기가 가득 있으면 좋겠어. 살구파이, 체리파이도 너무 먹고 싶다! 중요한 건 슈납스가 꼭 들어가야 한다는 거야. 여름 과일 케이크는 엄마가 제일 잘했어. 여름 내내 엄마 손에는 풀즙, 과일즙이 잔뜩 배고 슈납스 냄새가 은은하게 났었는데……."

프랑스에 가면 제일 먼저 뭐가 먹고 싶으냐고 하나만 말해 보라고 했더니 줄줄이 메뉴가 흘러나온다. 아, 그만! 결국 내가 그의 입을 막는다. 레돔은 음식 투정을 하지 않는 편이다. 한국에 살면서 아침은 프랑스식으로 간단히 먹는다. 점심은 양조장 주변 식당에서 먹는다. 순댓국밥, 곤드레밥, 청국장, 황태해장국, 동태찌개, 보리밥, 수제비, 이런 것들이다.

선택의 여지가 없기 때문에 그는 무엇이든지 먹는다. 신발을 벗고 방으로 들어가 무릎을 구부리고 앉아 순댓국에 밥을 말아 먹는다. 깍두기를 젓가락으로 집어먹는다. 간혹 젓가락에서 빠져나온 깍두기가 떨어지면서 옷에 붉은 물이 튄다. 고춧물이 든 셔츠를 보면 괜히 안쓰럽다. 부드러운 곱슬머리에서 청국장 냄새가 솔솔 나면 왠지 시어머니 생각이 난다. 막내아들을 얼마나 금지옥엽 키웠던가. 하나밖에 없는 아들이 구만리 떨어진 곳에서 뚝배기 청국장으로 배를 채운 뒤 밭으로 가는 것을 본다면 하늘에서 눈물을 흘리실지도 모르겠다는 생각이 든다.

그래서 저녁은 되도록 프랑스 요리를 한다. 다진 돼지고기를 삶은 양배추로 감아 토마토를 다져 넣어서 푹 찌는 종류의 무쇠솥 요리를 주로 한다. 밥 대신 프랑스 면을 삶아서 곁들여 준다. 오른손으로 칼을 들고 왼손으로 포크를 쥘 때 그의 표정은 젓가락으로 밥 먹을 때와는 다르다. 음식 먹는 속도가 빠르고 활기차다.

나도 프랑스에 사는 동안 그랬다. 고기를 칼로 자르면서 포크로 찍어 먹어야 하는 양손 사용이 어색했다. 먹는 즐거움이 느껴지지 않았다. 젓가락을 쥐었을 때만 미각이 살아나고 먹는 것이 행복했다. 스테이크도 내 몫은 먼저 자른 뒤 느긋하게 젓가락으로 집어먹었다.

그때 내가 집착한 식물은 깻잎이었다. 처음엔 들깨 씨를 작은 화분에 심고 창가에 내걸어 빛을 받게 했다. 이웃 아파트 창에 화분을 건 여자와 매일 아침 눈을 마주치며 우리는 물을 주었다. 그녀의 화분에 제라늄꽃이 피고 지는 동안 나의 깻잎은 점점 커져 갔다. 어느 날 제라늄을 키우던 여자가 나에게 와서 은밀하게 물었다. 혹시 대마 잎이나 뭐 그런 종류냐고.

그다음부터는 숲에 가서 들깨 씨를 뿌렸다. 나무 사이에 싹이 나면 나만 알 터이니 누가 뭐라고 할 일이 없겠지. 들깨 다섯 포기면 여름 내내 친구와 나눠 먹을 정도는 될 것이다. 깻잎 씨를 한 바가지 뿌렸는데 싹이 하나도 나오지 않았다. 그다음엔 거리의 화단에 남몰래 깻잎 씨를 뿌려 보았다. 이윽고 싹이 올라왔다. 귀여운 싹을 애지중지 햇빛이 좀 더 잘 드는 데로 옮기고 있는데, 이를 본 약국 여자가 와서 무엇을 하느냐고 물었다.

"음…… 그러니까 동양에서 가지고 온 난을 심고 있어요. 여름에 하얀 꽃이 피죠."

쌀쌀맞게 생긴 금발의 약국 여자가 "오우" 하면서 감탄했다. 왠지 기분 나빠서 더 이상 그쪽으로 가지 않았다. 하얀 깨꽃을 보고 약국 여자가 어떤 얼굴을 했을지 모르겠다. 다음 해엔 한국 친구가 정원 있는 집에 세를 얻었다. 우리는 마당 한쪽의 잔디를 뽑고 거기에 배추와 깻잎을 심었지만 싹이 나오기 바쁘게 달팽이 수백 마리가 와서 뿌리까지 먹어 버렸다. 그러다 깻잎을 포기한 것은 달팽이 때문이 아니라 매일 정원의 꽃을 가꾸는 이웃이 우리에게 와서 무슨 꽃을 심느냐고 물었기 때문이다.

깻잎을 완전히 포기한 뒤부터는 숲에 가서 쑥이나 냉이 같은 것이 있을까 찾아보기 시작했다. 5년쯤 지났을 때 마침내 쑥을 발견했다. 이것으로 국도 끓이고 떡도 해먹는다고 했더니 레돔과 시부모님이 그것은 잡풀이며 잘못 먹으면 죽을 수도 있다고 강력하게 말렸다.

'이, 이게 얼마나 귀한 약재 나물인데!'

나는 그들이 내 부모님을 모욕하는 듯한 기분이 들 정도로 화가 났다. 보란 듯이 뜯어 온 쑥으로 튀김을 하고 말려서 차를 만들어 마셨지만 프랑스 쑥은 참 맛이 없었다. 그 뒤 시부모님은 이상한 잡풀만 보면 먹을 수 있는 것인지 내게 묻곤 했다.

이제는 반대가 되었다. 레돔은 텃밭에 자기가 좋아하는 자기 나라 식물들을 잔뜩 심었다. 수제비로 점심을 먹고 온 뒤 커피를 한 잔 들고 텃밭에 들어가면 나올 줄을 모른다. 이것저것을 보고 만지고 다독인다.

"루바브가 정말 잘 올라온다. 전부 아홉 그루야. 올해는 제대로 자랄 것 같아. 올여름엔 파이를 해먹을 수 있을 거야! 바질이랑 타임, 앤 세이지, 앤 압생트, 앤 팬지…… 그런데 아티초크는 아직 안 올라오네. 아티초크를 올린 피자가 먹고 싶다. 아티초크 키우기 정말 어렵네. 아티초크……."

텃밭에 올라오는 모든 자신의 식물들 이름을 사랑스럽게 불러 준다. 이름을 불러 주지 않으면 존재 의미가 없다. 모두 프랑스에서 가져온 씨앗들을 심어서 틔운 싹들이다. 첫해는 모두 실패했다. 아티초크는 봄가뭄에 말라 죽었고, 루바브는 여름장맛비에 폭삭 녹아버렸고, 세이지는 두더지가 들썩여 뿌리가 시들고 말았다. 그는 애통해했다. 다행히 지난해에 다시 심은 루바브와 아티초크는 죽지 않고 봄이 되자 싹이 올라왔다.

"두더지를 보면 당장 신고해 줘. 떡잎이 네 개 될 때까지는 잡풀을 뽑으면 안 돼."

레돔은 텃밭의 잡풀 하나도 함부로 뽑지 못하게 한다. 그는 내가 자신의 소중한 식물들을 잡초라 여기며 마음대로 뽑아 버린다고 생각한다. 짚으로 덮어 주고 토닥이며 바람 불면 넘어질까, 비 오면 다칠까…….

"어릴 땐 이걸 생으로 많이 먹었어. 껍질을 벗겨 설탕에 찍어서 먹었는데 정말 특이한 맛이야. 식물 줄기를 먹는데 레몬과 오렌지를 먹는 기분이 든다니까. 자, 이거 한번 먹어 봐."

그가 루바브를 꺾어 껍질 벗긴 줄기를 내민다. 나는 생루바브의 새콤함이 너무 낯설어 고개를 흔든다. 그런데 레돔은 아싹아싹 새콤한 생풀을 잘도 먹는다. 그가 참 멀리서 온 남자라는 게 실감 난다. 한국 뙤약볕을 받으며 잘 자라 준 루바브가 그저 고맙다. 저거라

도 없었더라면 이 남자는 얼마나 외로웠을까. 그가 억지로 내 입에
루바브 한 조각을 밀어 넣는다. 새콤하면서도 쓰고 떫은 이 맛은 시
어머니의 여름 부엌을 떠올리게 한다. 루바브를 한 아름 꺾어 부엌
식탁에 부려 놓은 뒤 껍질을 벗기면 온 집 안 가득 새콤하고 쌉싸름
한 루바브 냄새가 퍼졌다.

"오늘 저녁엔 루바브파이를 먹을 수 있겠다!"

아들이 이렇게 말하면 시어머니의 얼굴에는 미소가 번졌다. 아들
을 위해서라면 매일매일 루바브파이 백 개도 구울 수 있는 여인이었
다. 그렇지만 나는 파이보다는 잼 쪽을 더 선호한다.

"파이는 한 판 구우면 하루 만에 다 먹어 버리잖아. 우리는 잼을
만들어 오래오래 먹자."

이렇게 말하고 나니 슬며시 웃음이 난다. 어머니는 아들 앞에 한
없이 감성적이었는데 아내란 여자는 매사 너무 실용적이다. 두 번째
루바브 수확 때는 파이를 해야겠다. 이 여름 동안만이라도 어머니
의 맛, 고향의 맛을 느끼게 해줘야 할 것 같다.

죽음의 계곡에서 벗어날
비법을 알려 주세요

"저는 이제 사업을 시작한 지 삼 년 정도 됐습니다. 이때를 '마의 삼 년'이라고 한다던데 생각해 보니 저는 삼 년 전에도 힘들었고 이 년 전에도 힘들었는데 지금도 힘들어요. 처음부터 마의 계곡에 있었습니다. 선생님도 죽음의 계곡에 들어간 적이 있는지, 그 시기를 어떻게 극복하셨는지 궁금합니다."

며칠 전에 있었던 농업 스타트업 페스티벌에서 한 연사에게 내가 던진 질문이다. 연사는 동지애가 느껴지는 눈길로 나를 보며 컬컬 웃었다.

"죽음의 계곡은 사업 초반에만 있는 것이 아니고 사업 10년, 20년 차에도 들어갔다 나왔다를 반복합니다. 계곡을 넘어 무덤에 들어가기도 하죠. 특히 자금이 쪼들릴 때는 직원 모두에게 어려움을 털어놓아야 합니다. 연구자든 개발자든 모두 함께 마케팅에 발 벗고 나서야죠. 고민을 직원과 함께 나눠서 극복하라고 말씀드리고 싶습니다.”

그의 대답은 훌륭했지만 문제는 나에겐 직원이 없다는 것이다. 고민을 나눌 직원을 한 명 뽑아야겠다고 하니 레돔 왈, 그 직원에게 월급을 주려면 와인 3천 병을 더 만들어야 한다고 한다. 지금도 농사와 와인 만들기로 눈코 뜰 새 없는데 그걸 어떻게 만들지? 페스티벌에서 만난 다른 기업들은 다들 직원 서넛을 대동하고 매출도 괜찮아 보인다. 그런데 나는 직원 한 명 없이 혼자다. 최고경영자(CEO) 일인 회사다. 내가 사업엔 꽝이라는 뜻인가. 할수록 못한다는 자괴감이 든다.

나는 생전 사업을 해본 적도 없지만 직장을 길게 다녀 본 적이 없다. 이런 것을 하고 싶은 생각이 전혀 없었다. 남편이 벌어다 주는 월급으로 사는 게 가장 적성에 맞았다. 그때는 미래를 걱정해 본 적이 없었다. 그런데 요즘은 압박감 같은 것에 시달린다. ‘대박 나세요!’, ‘성공하세요!’, 사람들이 이런 말을 하면 나는 기분이 좋지 않다. 대박 나지 않으면 내 인생이 실패한 게 되는가. 성공하지 않으면 내가 불행해지는 건가. 나는 오래오래 평안하게 살고 싶은데 이런 말을 들으면 머릿속이 어두워진다.

‘그냥 굶어 죽지 않을 정도만 벌어도 좋다고 생각하는데요. 꼭 대박 나야 하는 건가요?’

이런 말을 할 수가 없다.

사업을 시작하면서 많은 수업을 들었다. 세무와 회계의 모든 것, 사업화 전략 수립과 비즈니스 모델 개발, 공감 마케팅, 성공적인 피칭 전략 키워드, 브랜드 메이킹, 고객 관점에서 바라보는 비즈니스, 수출 역량 강화……. 제일 앞줄에 앉아 공책을 꼭꼭 눌러쓰며 공부하는 의지의 중년 여성, 이제 곧 놀라운 여성 CEO로 탄생할 예정이었다. 그러나 수업을 들을수록 깨닫는 사실은 도무지 역량 강화가 되지 않는다는 것이었다. 노안으로 글자도 잘 보이지 않고, 팽팽 돌아가야 할 머리에서는 뿌스럭 소리만 날 뿐이다.

아무리 들어도 모르겠으니 이 모든 것은 전문가에게 맡기겠다는 결론을 내린 뒤 포도밭으로 가 풀이나 열심히 뽑기로 했다. 풀을 잘못 뽑으면 또 잔소리나 들으니 그냥 일하는 시늉만 한다. 그래도 땀은 흠뻑 난다. 땀범벅이 되어 집으로 돌아와 샤워를 한다. 저녁을 먹은 뒤 편히 누워 텔레비전을 본다. 그 순간이 아찔하게 달콤한 것이 산더미 숙제를 미뤄 놓고 야금야금 놀고 있는 중학생 같은 기분이다.

새로 나올 제품의 원가 계산을 해서 국세청에 보고해야 하고, 상표 디자인도 들어가야 한다. 세금 계산서도 발행해야 하고, 매출 실적도 들여다봐야 한다. 세무서에 시험 분석을 위한 술도 가져가야 하고, 열 가지가 넘는 식약처 서류들도 끝내야 한다. 그들은 언제 들이닥칠지 모른다. 새 양조장 건축 설계와 토목 공사에 대해서도 알아봐야 한다. 양조장 건축비를 어떻게 조달할 것인지 해답도 찾아야 한다. 텔레비전 앞에 축 늘어져 있는 여성 CEO의 머리에서 연기가 모락모락 올라온다.

"여기 이쪽 와인 창고 뒤쪽 벽을 빗물 저장고로 만들 생각이야. 그러면 여름에 이쪽 벽이 시원해서 냉각기를 따로 돌릴 필요가 없지. 그리고 가뭄에는 밭에 물을 주는 용도로도 쓸 수 있잖아. 어때?"

레돔은 매일 저녁 에너지자립 생태건축 양조장을 설계하느라 이런저런 궁리를 한다. 밖에서 에너지를 끌어오지 않고 자립하기 위해 태양열과 빗물, 지열, 벽의 위치와 지붕의 경사도 등을 열심히 연구한다. 아무래도 그를 위해 역량 강화 수업을 다시 시작해야 할 것 같다. 그러나 지금 나는 손가락 하나 까딱하기 싫다. 죽음의 계곡에서 헤매고 있는 중이다. 여기서 나갈 비법을 좀 알려 주실 분 누구 없나요?

인생이 내추럴해지는 방법

파이팅도 대박도 싫은
대표의 고민

　이제 더는 양조장 짓는 계획을 미룰 수가 없다. 가장 큰 문제가 자금이다. 대출 관련 업무로 은행에 갔더니 "회사 설립 후 지금까지 당기순이익이 전혀 나오지 않았네요. 이러면 대출이 안 됩니다", 이렇게 말한다. 나는 회사 대표지만 당기순이익이 정확히 무슨 말인지도 모른다. "어머, 진짜요?"라고 답하면서 얼굴이 붉어졌다. 왠지 학교에서 낙제점을 받은 기분이 들었다.

　'그래도 그럭저럭 살았는데 왜 당기순이익이 마이너스라고 하는 걸까?'라고 생각했지만 재무제표 같은 것을 들여다볼 생각을 하지 않는다. 재무제표는 정기적으로 세무사가 주는 법적 서류일 뿐이라고 여긴다. 입출금 통장의 숫자는 제대로 보지 않고, 세금계산서는 의무 사항이니까 부랴부랴 발행한다. 왜 이런 것을 해야 하는지 모른다. 알고 싶어 하지도 않는다.

사업을 한다는 것이 무엇인가 싶어서 '사업'의 우리말 뜻을 찾아본다. 경영을 한다는 것이 무엇인가 싶어서 '경영'의 뜻도 찾아본다. "일정한 목적을 달성하기 위하여 인적·물적 자원을 결합한 조직의 관리와 운영을 가리킨다"고 한다. 현재 농업회사 법인 대표인 나의 사업 점수는 여러모로 낙제다. 다들 나를 대표님이라고 부르지만 무척 어색하다. 사실 무언가를 대표하는 것이 부담스럽다. 요즘 들어 부담스러운 여러 말을 듣는다. '파이팅!', 이 말도 왠지 싫다. '대박 나세요!', 이 말은 더 싫다. 파이팅하기도 대박 나기도 싫다. 이 정도면 대표직을 물려줘야 하는데 받을 사람이 없다.

대박 나라든가 파이팅이라든가 하는 말을 들으면 '아, 듣기 싫어요. 꼭 그래야 하나요?' 하는 마음이 들었지만, 요즘엔 그냥 "네, 감사합니다. 열심히 하겠습니다" 하고 예의 바르게 답한다. 이런 말을 들을 때마다 내가 무엇을 위해, 누구를 위해 이 일을 열심히 일해야 하는가 하는 생각을 하게 된다. 사전에 명시된 사업의 '일정 목적'이라는 것이 대박일까? 사업이란 것이 꼭 발전을 해야만 하는 것일까. 일을 하면서도 틈만 나면 회의가 든다. 대체 왜 이렇게 열심히 사는 거지? 너무 힘들다. 쉬고 싶다. 열대과실이나 잔뜩 먹고 싶다. 더운 나라에 가서 수영을 하고 싶다. 마음을 다스리는 음악을 들으며 잠에 든다.

어릴 때 대기업 총수들이 쓴 자서전을 읽은 적이 있다. 딱 하나 기억에 남는 것이 있는데, 그들은 하루에 잠을 세 시간 정도밖에 자지 않는다는 것이었다. 어린 마음에 '어떻게 세 시간밖에 안 자고 살 수 있지?' 했는데 지금 생각해도 그게 진실일까 싶다. 좀 더 생각해 보니 진실일 것 같다.

나는 잠을 적어도 일곱 시간 자는데 그렇게 자니까 일이 안 되나 보다. 매일 일이 밀리고 제대로 처리하지 못해 동동거린다. 매사 실 수가 많다.

"불편을 드려 죄송합니다. 바로 처리할게요! 양해 감사합니다!"

이 말을 하루에도 몇 번씩 한다. 내가 한심하다는 느낌을 지울 수 가 없다. 잠을 줄여 볼까? 잠을 줄였더니 일이 더 안 된다. 법인 설립 4년 차, 총수의 고민이 가을과 함께 깊어 간다.

남편이 농사지어서 와인 만들고 싶다고 하니까 "그래 좋아" 하고 시작했다. 목적 같은 건 생각하지 않고 현재 이것을 원하니까 시작 했다. 단순무식이 사람 잡는다. 계속해서 뭔가를 사들여야 했고 쉬 지 않고 일해야 했다. 일은 엄청 하는데 돈은 없다. 틈만 나면 문제 라는 놈이 '저 여기 있어요!' 하고 얼굴을 내민다. 여기저기 쫓아다 니고 물어물어 땜질하듯이 해결해 왔다. 그때마다 레돔에게 왜 나 를 이 일에 끌어들였느냐고 화풀이를 하다가도 미안해서 입을 다문 다. 제대로 된 경영을 해온 것이 아니라 겨우겨우 넘기며 여기까지 온 것이다. 그리고 아직 가야 할 길이 첩첩산중으로 펼쳐져서 '어서 오세요. 제가 사업의 맛이 뭔지 한번 보여 드릴게요' 하고 달콤살벌

하게 속삭이고 있다.

국어사전 '사업'의 뜻을 그대로 둬도 되는가 싶다. 내 사전에 사업의 뜻은 '돈을 계속 잡아먹고 일도 계속 시키지만 별것도 주지 않고, 계속 더 달라고 조르는 아이', 이렇게 답이 나온다. 바깥은 곱게 단풍 드는 계절인데 이 마의 계곡은 안개만 자욱하다. 모든 농부와 제조업자가 그런 것일까? 그렇다면 이렇게 말하고 싶다.

'힘내세요. 살다 보면 좋은 날도 있겠지요! 파이팅!'

솔직히 이런 영혼 없는 멘트를 날리는 사람을 만나면 한 대 확 치고 싶다. 일이 힘드니 성질이 더러워져 가고 있다.

인생이 내추럴해지는 방법

이렇게 커 보긴
처음이라는 잡초

레돔이 직장을 다닐 때 우리는 거의 싸운 적이 없었다. 엄청난 월급은 아니었지만 먹고살고 바캉스를 떠날 정도는 벌었다. 남편이 정확히 무슨 일을 하는지 몰랐다.

"컴퓨터 프로그램 뭐, 그런 거 한대요. 직장인이에요."

이렇게 말했다. 나는 집을 반들반들하게 청소하고 치즈 가게, 와인 가게를 다니며 맛있는 거 뭐 있나 보고 주말 시장에서 싱싱한 채소와 해산물 들을 사와서 요리하는, 말 그대로 걱정 없는 가정주부였다. 그런데 한국에 살면서 내 인생은 극도로 드라마틱해졌다. 매일 이런저런 걱정을 했다. 돈 걱정, 포도나무 걱정, 날씨 걱정, 효모 걱정, 가끔은 아들 걱정까지. 이러저러한 걱정들이 우리를 싸우게 만들기 시작했다. 그중에서 가장 큰 싸움은 잡초들 때문이었다.

"이 나무 좀 봐. 크리스마스트리가 되었네. 이제부터 이 나무 이름은 노엘이다, 노엘."

레돔이 마당의 어느 나무를 가리키며 말했다. 밤새 내린 첫눈을 폭 뒤집어쓴 작은 나무가 예뻤다. 지금까지 그 나무를 잘 지켜 온 보호자로서의 뿌듯함이 느껴졌지만, 그 나무를 둘러싸고 봄부터 우리는 참으로 많이 다투었다. 처음에 나는 그것이 잡초라고 생각했다. 그래서 뽑아서 거름통에 던져 버렸다.

"저, 저, 저기에 있던 풀이 어디에 갔지?"

그가 얼굴을 뻘겋게 하고 말까지 더듬으면서 물었다.

"아, 그 잡초? 내가 뽑아 버렸지. 잡초는 어릴 때 뽑아내야 해."

"뭐? 그걸 뽑아 버렸다고?"

그는 하늘이라도 무너진 듯이 놀라며 거름통에 던져 버린 시든 풀을 찾아내 다시 그 자리에 심었다. 싹이 날 때부터 보고 있던 나무라면서 왜 자기에게 물어보지도 않고 뽑았느냐며 격렬하게 분개했다.

"이건 잡초가 아니야!"

그는 모욕이라도 당한 듯 다시 잡초를 심고 물을 주고 사랑이 깃든 손길로 흙을 토닥거렸다. 아직은 무슨 풀인지 알 수 없지만 언젠가 예쁜 꽃이 필 것이라고 했다. 그러면 벌들이 꿀을 딸 것이며 또 언젠가는 먹을 수 있는 열매가 열릴 것이라고 했다. 문제는 마당의 너무 많은 풀들의 미래가 궁금해서 뽑지 못한다는 것이다.

"이거 잡초 맞아. 잡초 아니면 내 손에 장을 지진다."

내가 확신하면 그는 잡초라 하더라도 처음 보는 거니까 끝까지 한 번 보자고 한다.

"당신 프랑스 사람 맞아? 프랑스식 정원으로 좀 꾸며 봐. 베르사유 궁전의 정원, 정말 예쁘잖아."

그는 단정한 프랑스식 정원은 자기가 가장 싫어하는 정원이라고 했다.

"땅에 난 풀은 왜 다 뽑아야 한다고 생각하지? 다른 작물에게 방해가 되지 않는 선에서는 그냥 두는 것이 좋아. 이 풀이 여기에 난 다는 것은 땅이 그것을 필요로 하기 때문이야. 처음엔 한해살이풀이 나다가 다음엔 여러해살이풀, 그다음엔 나무, 이렇게 해서 모든 풀은 다음 풀을 위해 땅을 건강하게 만들고 사라지고 또 태어나는 거야."

그는 대체로 조용한 남자지만 땅이나 나무에 대해서는 자기주장이 너무 강해서 내가 질 수밖에 없다. 그런데도 나는 마당의 잡초를 볼 때마다 뽑고 정리하고 싶어진다. 나는 이상한 풀만 보면 이렇게 묻는다.

"이거 뽑아도 돼?"

그의 대답은 늘 같다.

"그냥 좀 두고 보면 안 돼?"

혹시라도 내가 뽑아 버릴까, 내가 마당에 나가면 따라와 안절부절 내 주변을 서성거린다. 난 좀 정리된 정원을 가지고 싶다. 잡풀 속에서 살고 싶지 않다.

"이건 정원이 아니라 전설의 고향 귀신이 오게 생겼어. 뱀들이 기어 다닐 정도면 안 되는 거 아냐? 그렇게 잡풀이 좋으면 산에 가서 혼자 정원을 가꾸며 살아야지 왜 인간 세상에 내려와서 나를 힘들게 해!"

잡풀을 사이에 두고 격렬한 말싸움으로 얼굴이 시뻘게졌다.

거름통에서 구사일생으로 살아남은 그 풀은 무럭무럭 자랐다. 다른 풀들이 꽃을 피우는 여름에도 묵묵히 자라기만 했다. 위로 크고 옆으로 쭉쭉 뻗어 갔다. 레돔은 그것을 들여다보며 '풀이 아니라 나무가 아닐까? 이렇게 큰 나무에 꽃이 피면 벌들이 딸 꿀이 얼마나 많을까?' 하고 생각했다.

그런데 가을이 되어도 열매는커녕 꽃도 없이 하염없이 자라기만 했다. 그러다 문득 거짓말처럼 꽃이 피었다. 아주 작아서 보이지 않을 정도였고 색깔은 거무스름해서 꽃이라 하기에 민망했다. 꿀이 없는지 벌마저 흥미를 보이지 않았다. 허우대만 멀쩡하고 초라한 꽃을 피운 이상한 나무였다.

'나 참 못생겼죠? 나를 이렇게 건강하게 키워 주신 분은 당신이 처음이에요. 우린 자라기도 전에 사라지기 때문에 이렇게 커 보긴 제가 처음일 거예요. 당신, 참 고마운 분이에요.'

순전히 내 생각이지만 못생긴 나무가 레돔에게 이렇게 말하는 것 같았다.

긴 구박의 설움을 달래듯 첫눈이 앉은 예쁜 모습에 축복의 이름이 지어졌지만, 겨울이 지나면 나는 저 나무를 뽑아 버릴 것이다. 정말이지 아무짝에도 쓸모가 없다.

"모든 풀들을 키울 수는 없잖아. 그러려면 그냥 숲에나 가서 살아. 여긴 인간의 땅이고 나는 인간에게 편리한 마당을 가지고 싶다고."

"바로 그거야. 인간이 살려면 잡초도 좀 키워야 해. 다 뽑아 버리면 잡초는 더 나와. 알잖아."

똑같은 다툼이 끝나지 않는 돌림노래가 되어 돌아온다. 피곤한 남자와 결혼했다는 생각이 든다. 정말이지 세상의 모든 잡초를 던져 주고 멀리멀리 도시로, 나만의 방으로 도망가고 싶다.

슬플 때는 사과 한 알을
곁에 두세요

사과를 따는 동안 밭에 뱀들이 자꾸 보였다. 무슨 불길한 징조는 아닌지, 겁을 먹고 사람들에게 물었더니 겨울잠 들기 전에 영양분 축적을 위해 먹이 사냥을 나온 것이라고 했다. 독이 바짝 올라 있으니 조심하라고들 했다. 동네 밭 여기저기에 똬리를 틀고 머리를 세우고 있었다.

"그러니까 곧 추위가 닥친다는 뜻이지. 스윽 피해 다니면 괜찮아."
동네 어른들은 그렇게 말했다.

사과를 따고 나자 나무에 달린 잎들이 모두 떨어져 버렸다. 어디선가 날아와 꽃이 되었던 코스모스는 죽기 전에 실컷 씨를 흩어지게 했고, 무는 터지도록 통통하고, 배추는 알이 꽉 찼다. 사람들은 배추밭에서 김장을 하고 통을 가져와 나눠 간다. 겨울 채비를 하는 사람들의 옷자락은 분주하지만 눈길은 설레고 웃음이 터진다. 이제 곧 따뜻한 방에서 아삭한 김치와 고기를 먹는 겨울이 될 거야. 행복이란 그런 것이지. 이런 계절에 밭에 가면 다시 돌아갈 수 없는 시간을 화면으로 보는 것만 같다. 일 년 열두 달 중 아름다운 한순간이라는 생각이 든다. 무엇보다 양조장 문을 열고 들어갈 때 확 느껴지는 사과향이 너무 좋다.

양조장에 들여온 사과는 며칠 동안 꼼짝도 않았다. 나흘쯤 지나자 천천히 향기를 흘리더니 날이 갈수록 복합적이고 오묘한 향을 뿜어내기 시작한다. 장소가 바뀌어 잔뜩 긴장했던 효모들이 움직이기 시작한 것이다. 어떤 것들은 잠만 자고, 어떤 것들은 게으르게 기지개를 켜고, 어떤 것들은 쉬지 않고 통통 뛰어다닌다. 천장에도 붙고 문에도 붙는다. 이렇게 달콤하고 강렬한 사과향은 이때만 맡을 수 있다. 겨울에 딴 농익은 사과향은 콧속으로 솔솔 들어오는 향이라기보다 누군가 내 온몸을 껴안아 주며 '당신을 죽도록 사랑해요', 이렇게 말하는 것 같다.

"올해는 레몽 씨한테 김장김치를 좀 보내 주고 싶구나. 묻어 두고 겨울 내내 밥이랑 먹으면 마누라 없어도 그렇게 쓸쓸하지는 않을 거다."

이때쯤이면 친정엄마는 이국 만 리 동갑내기 사돈을 걱정한다. 친정엄마에게 김치는 남편 없어도 외롭지 않게 겨울을 날 수 있는 음식이다. 친정어머니와 시아버님은 프랑스에서 한 번 한국에서 한

번, 두 번밖에 만나지 못했지만 동갑내기가 가진 정서는 나라를 막론하는 모양이다. 아버님도 이때쯤이면 겨울 채비를 시작한다.

"알자스 겨울빵을 만들려고 한다. 너희한테 두 개 보낼 테니 어머니께도 하나 드리렴."

눈이 많이 오는 지방인 알자스 사람들은 겨울이 되면 말린 과일을 잔뜩 넣은 빵을 구워서 겨울 내내 뱅쇼와 함께 먹는다. 예전에는 양배추김치를 담가 지하실에 저장하고 돼지를 잡아 소금에 절였다. 돼지 부산물은 갈아서 창자에 넣어 훈제하여 말렸다. 와인까지 창고에 잔뜩 쟁여 두고 크리스마스가 오기만을 기다렸다.

"한번 먹어 봐. 달콤하고 쌉쓰름하면서 꿀 향기가 느껴져."

레돔이 사과 한 알을 깨물어 먹은 뒤 내게 준다. 한 입 먹으니 새콤한 물이 입안 가득 퍼진다. 올해의 모든 것을 견뎌 낸, 한 해가 압축된 열매다. 먹고 나니 기분이 좋다. 사과 한 알을 먹었을 뿐인데 뱃속에 긍정적인 에너지가 가득해진다. 올겨울이 우울하다면 책상 위에 사과 몇 알을 올려놓고 시들어 가는 것을 보라고 권하고 싶다. 시들어 가는 사과에서 나오는 찐득한 물과 쭈글쭈글한 주름들을 보노라면 쓸쓸하면서 왠지 기분이 좋아진다.

그렇지만 겨울 양조장에서 으뜸으로 꼽을 것은 뭐니 뭐니 해도 사과술이 발효될 때의 향이다. 시큼하면서 쌉쓰레하고, 시원하면서 달콤한 향이 양조장에 출렁일 때는 무념무상 즐겁다. 효모들이 와글와글 노래하는 것만 같다. 사람들은 내가 술을 만들기 때문에 그런 말을 한다고 할 것이다. 그렇게 못 믿겠으면 정말 슬플 때 한번 와보라고 말할 수밖에 없다. 아무리 슬픈 사람이라도 발효탱크에서 사과술이 발효되는 향을 맡으면 위로받는 기분이 들 것이다. 이것은 마법이 아니다. 발효통에서 튀어나온 각양각색의 효모들이 다정하게 온몸에 붙어 뽀뽀를 백 번 천 번을 해주기 때문이다. 거짓말이라고 한다면 당신은 정말 사과를 많이 먹어야 한다. 몸속에 있는 부정적인 에너지를 몰아내야 한다. 그래야 이 겨울을 무사히 날 수 있다.

사과는 과일 중에 가장 오래 매달려 있는, 태양 에너지를 가장 많이 빨아들이는 과일이다. 그래서 사과는 명랑하게 반짝인다. 우울을 참지 못하는 과일이다. 올겨울이 슬프다면 우선 사과를 잔뜩 책상 위에 올려놓으시길. 당신이 잠든 사이 껍질에 살고 있는 명랑한 효모들이 날아가 온몸에 백 번 천 번 뽀뽀를 해줄 것이다. 다음 날이면 '어, 오늘 기분이 괜찮네' 하고 하루를 시작할 것이다.

아낌없이 순환되는
양조장

"겨울에 양조장에서는 무슨 일을 하죠? 농사를 짓지 않으니 시간이 좀 넉넉한 때 아닌가요? 그럴 때 여행도 좀 다니고 해야겠네요."

사람들은 우리가 겨울엔 좀 한가할 것이라고 생각한다. 나도 그렇게 생각해서 겨울이 오면 팔도를 다녀 보리라 계획을 짜지만 막상 겨울이 되면 꼼짝할 수가 없다. 양조장은 그 자체로 살아 있는 존재며 늘 무엇인가 요구한다.

올겨울은 유난히 따뜻하지만 충주 시골 마을엔 매일 아침 찬 서리가 내리고 싸늘하다. 양조장은 덥거나 습기 찬 날을 싫어한다. 너무 더운 것은 절대 안 되지만 너무 추워도 안 된다. 적당히 건조한 서늘함을 좋아한다. 아무래도 괜찮다고 하지만 알고 보면 까다로운 남자와 같다. 매일 아침 불을 지펴 습기를 없애고 찬 기운이 조금 가시게 해주어야 한다.

"올해 장작은 너무 얇군. 작년보다 못하네."

레돔은 불을 피울 때마다 똑같은 소리를 한다. 목재소에서 통나무를 자르고 남은 자투리들을 구입했는데 올해는 얇은 게 많다. 작년에는 굵은 옹이가 섞여 있어서 괜찮았는데. 종잇장 같은 장작을 불쏘시개로 넣고 중간 것들과 굵은 것들을 섞어 불을 피운다. 불이 곱게 잘 타는지 확인한 뒤 레돔은 발효실에 들어가 12월에 착즙해서 발효 중인 와인을 체크한다.

"탱크갈이를 해야겠군. 효모가 너무 불어났어."

추운 날에도 효모는 쉬지 않고 발효해서 탱크 아래에 찌꺼기가 가득 내려앉았다. 그는 위에서 출렁이는 맑은 과일즙을 새 발효통으로 옮긴 후 아래에 내려앉은 찌꺼기는 작은 통으로 옮겨 담는다. 맑은 술로 완성되어 유리병에 들어가는 순간까지 수없이 탱크갈이를 하지만 한 방울도 버리지 않는다. 술찌끼에는 생명력 넘치는 효모가 가득하다. 그래서 탱크갈이를 하는 날에는 꼭 빵을 구워야 한다. 밖으로 나온 효모가 가장 힘이 센 날이기 때문이다.

우리 밀 통밀에 갓 나온 술찌끼를 넣으면 반죽을 대충 해도 참 잘 부풀어 오른다. 이런, 힘이 세기도 하지! 발효탱크에서 갓 나온 효모로 빵 반죽을 하면 실패할 확률이 제로다. 그냥 저 혼자 알아서 발효하고 한껏 부풀어 올라온다. 반죽의 공기를 빼서 잘 다독인 뒤 젖은 행주를 덮어 서늘한 양조장에 하룻밤 두었다 다음 날 장작 난로 따뜻한 벽돌 위에 올린다. 술찌끼 효모로 빵을 만들 때는 기분이 좋다. 이스트를 넣지 않아도 살아 있는 무언가가 빵을 만들어 주는 것이 신기하다. 무엇보다 과일이 술이 되어 가는 동안 참 많은 것이 나오고, 그것을 버리지 않고 알뜰히 쓴다는 것에 왠지 기분이 좋다.

단지 과일 한 알에서 시작되지만 정말 많은 것을 얻을 수 있다. 과일을 착즙하고 나면 그 찌꺼기는 퇴비가 되고 맑은 즙은 발효를 하면서 끝없이 효모 찌꺼기를 만들어 낸다. 효모 찌꺼기는 쓸 곳이 정말 많다. 빵도 만들지만 비누를 만들 때 넣어도 정말 괜찮다. 촉촉하고 부드러운 촉감의 비누로 완성된다.

포도와인 발효 찌꺼기는 몇 년 묵혔다 증류를 하면 그랍파라는 독특한 맛의 증류주가 된다. 사과주를 증류하면 사과향이 압축된 사과증류주가 되고, 사과주를 그대로 바깥에 두면 초균을 만나 향긋한 내추럴 식초가 된다. 인간이 어떻게 하지 않아도 술이 떠도는 초균을 만나 저절로 참으로 맛있는 식초가 된다는 것이 재미있다.

와인을 만드는 과정에서 나오는 모든 찌꺼기는 밭으로 가 퇴비가 되어 땅도 그것을 먹지만 새와 닭들에게도 맛있는 밥이 되어 준다. 닭들이 똥을 싸면 퇴비가 되고 지렁이가 받아먹는다. 지렁이가 기분 좋게 돌아다니며 땅에 구멍을 내면 포슬포슬 흙들이 살아나고 공기 구멍이 생겨 포도나무들이 좋아하며 숨을 쉰다. 이렇게 모든 것이 물고 물리면서 돌아가 서로를 즐겁게 해준다. 땅이라는 자연에서 온 것들이 또 다른 자연들을 만나 저절로 무엇인가 만들어지고 그

아무것도 버리지 않는 와이너리

한 병의 와인이 생기기까지의
부산물들

술효모 발효빵

와인찌꺼기 술증류 그랍파

타르타르산 크림을 굳게 하는 천연 산미료

와인식초

숙찌꺼기 효모비누

사과씨앗 펙틴 젤리 잼

과일 착즙 찌꺼기 퇴비

발효 찌꺼기 모이

것이 다시 땅으로 돌아가는 이 순환이 너무 좋다!

빵을 굽기 위해 오븐을 켤 때도 몇 가지를 동시에 한다. 어차피 오븐을 켜는 거니 점심 먹을거리도 오븐에 들어가는 감자그라탱으로 하고 디저트는 오븐에 들어가는 사과파이로 한다. 두 개 다 후다닥 할 수 있는 단순한 오븐 요리다. 감자 껍질을 벗겨 얇게 썬 뒤 우유를 부어 오븐에 넣고 사과파이 준비를 한다. 틀에 반죽을 깔고 그 위에 껍질을 벗겨 자른 사과를 듬뿍 올린 뒤 아몬드, 계피를 조금씩 뿌려 준다.

"이제 점심시간이다!"

내가 소리치면 그는 발효탱크갈이를 하고 나온 술 찌꺼기 중에서 그나마 맑은 부분을 병에 담아 온다. 나는 언제나 맑은 술을 마시고 싶어 하지만 그는 곧잘 탁한 술을 가져온다. 맑은 술은 팔아야 하고 찌꺼기 술은 주인이 마시는 법이란다. 복숭아 농사를 짓는 친구가 어릴 때 늘 못난이 복숭아만 먹었다더니 양조장 여주인은 매일 찌꺼기 술이다.

밥을 먹고 나면 오븐에서 바쁘게 사과파이가 나와 뜨거운 파이를 먹는다. 파이가 나오면 빵 차례다. 오븐이 식기 전에 빵 반죽이 들어간다. 점심 디저트를 먹은 뒤 레돔은 사과와인 증류를 시작한다. 농사 때문에 미루었던 모든 일을 1월에 끝내야 마음 편하게 봄맞이를 할 수 있다.

동으로 된 작은 증류기에 사과와인을 가득 붓고 가스불을 켠다.

증류는 꼭 겨울에 해야 한다. 여름 증류는 질식할 것 같지만 겨울 증류는 사과와인이 끓는 열기로 집 안이 따뜻해져서 난로를 지필 필요가 없다. 사과주가 끓어서 수증기가 되어 차가운 물을 통과해 똑똑 소리를 내면서 독한 술이 되어 떨어지는 모습을 지켜본다. 바깥은 겨울이지만 양조장 안은 빵 익는 냄새와 사과주 끓는 냄새와 열기로 가득하다. 동네마다 거기서 나는 과일로 술을 만들고 그 찌꺼기들을 아낌없이 순환시키는 양조장이 하나씩 있으면 참 좋을 텐데, 한 동네에 작더라도 양조장이 하나 있는 시절이 있었다고 한다. 인간 세상의 낭만을 되찾고 싶다.

세상에 하나밖에 없는
아가씨의 출현

　어느 날 메일 한 통이 왔다. 농업에 관심이 많으며 레돔 씨의 농법을 배우고 싶으니 허락해 달라는 것이었다. '일머리는 없지만 끈기 하나는 자신 있다'는 자기소개가 특히 인상적이었다. 메일을 받고도 바빠서 잊어버렸는데 다시 연락이 왔다. 한번 보자고 하고는 또 잊어버렸는데 또 연락이 왔다. 끈기 있는 청년이구나 생각했다. 일단 한번 만나 보자고 했더니 자신은 차가 없으며 서울에서 고속버스를 타고 다시 버스를 갈아타고 밭으로 오겠다고 했다.

　약속한 날 터미널에서 만나 내 차로 밭으로 가기로 했다. 전화를 걸었더니 아가씨 목소리가 나왔다. 이름이 승민이라고 해서 당연히 남자겠거니 생각했는데 좀 당황되었다. 키가 크고 단정한 인상의 아가씨였다. 첫눈에 왠지 호감이 갔지만 저 호리호리한 아가씨에게 어떻게 농사일을 시키나 싶었다.

"이 세이지들을 포도나무 사이사이에 심는 것부터 해보라고요?
네, 좋아요!"

아가씨는 세이지 몇 포기를 들고 포도밭 저쪽 어디로 사라진다.
내가 한 50포기를 심고 그쪽으로 가니 아직 그 몇 포기를 다 심지
못했다. 곱게 땅을 파고, 곱게 세이지를 심고, 다독다독 흙을 덮고,
나뭇잎을 덮고, 요리조리 제대로 되었나 살피느라 시간이 그렇게 든
것 같았다. 완벽하게 심겨졌지만 일이 정말 더뎠다. 풀을 베어 눕힐
때도 어찌나 곱게 베어 눕히는지 이 아가씨가 지나가면 밭둑이 작
품처럼 아름다웠다. 그러나 그렇게 풀을 베어서는 일 년 내내 해도
다 벨 수 없다.

"왜 농사를 지으려고 하는 거지?"

내 질문에 아가씨는 천천히 대답을 한다.

"그러니까 제 꿈은 자급자족이에요. 지금까지 저의 생활이라는
것이 월급을 받아서 그것으로 먹을 것을 사는 방식인데, 생각해 보
니 내 직업이 나의 생존과 너무 거리가 멀었어요. 제 일이 먹고사는
것과 좀 가까우면 좋겠다는 생각을 했어요. 그게 농사인 거죠."

조금 부끄러워하며 이렇게 말한다.

"그렇게 일해서는 자급자족으로 살기는 많이 힘들 것 같은데."

내 말에 아가씨는 깔깔거리며 웃느라 꽈당 넘어져 버린다.

자급자족을 꿈꾸는 아가씨는 새벽에 일어나 고속버스를 타고 왔

다. 밭으로 오는 시내버스를 기다리며 샌드위치로 점심을 먹었다. 빵은 직접 구워서 만든 것이었다. 놀랍게도 밀가루에 물을 넣어 천연 효모를 살려내서 반죽한 밀가루 발효종 빵이었다. 밭에 와서는 저쪽 어디서 쪼그리고 앉아 땅을 파고 무엇인가를 한참 하고 있는데 가보면 별로 한 것이 없다.

"저 일머리 너무 없죠."

내가 하고 싶은 말을 미루어 말하며 깔깔 웃는다. 그러면서 나의 꿈을 묻는다.

"글쎄…… 나 또한 내가 지은 농사로 먹고사는 자급자족의 삶이 이룰 수 있으면 좋겠다만."

우리는 호미를 들고 땅을 파면서 지렁이를 보고 소리를 지르기도 하고 이상한 벌레가 나타나면 이름을 알아보려고 네이버를 뒤지기도 한다. 이 흙과 이 안에 사는 미생물들의 주인은 누굴까? 인간일까? 흙의 주인은 땅, 벌레의 주인은 벌레, 나무의 주인은 나무, 이 밭의 주인은 그냥 이 밭이지 인간이 아니야! 인간들은 그냥 고마워하면서 농사를 지어야 해. 아아, 맞다 맞아! 이곳은 미생물과 인간과 흙과 나무가 모두 평등한 밭이 되면 좋겠어. 우와, 어떻게 이런 이야기를 할 수 있지? 우리 너무 건전하잖아. 인류 미래의 희망이야! 함께 호미질을 하며 호호 깔깔 시간 가는 줄을 모른다.

이렇게 합류한 아가씨와 함께 우리는 여름 한철을 통과했다. 폭우 속에서 함께 포도를 땄고 풀을 베고 나무를 심었다. 왕겨와 깻단 퇴비를 넣고 생태화장실도 만들었다. 함께 붙어 서서 나뭇잎을 갉아먹는 벌레들을 손으로 잡았다. 아침부터 저녁까지 벌레를 잡으면서 우리는 지겨운 줄 모르고 농사일에 몰두했다. 해가 지면서 포도밭 서쪽에 붉은 석양이 뚝뚝 떨어지면 그제야 멈추고 감탄했다. 하늘이 너무 아름다워! 아이는 핸드폰으로 사진을 찍었고 나는 사진을 찍는 아이를 사진에 담았다.

"세상에 너 정말 너무 예쁘다!"

이렇게 가을을 보내고 겨울을 맞이하고 어느새 승민이는 우리 식구가 되었다.

"이 꽃은 뭐죠? 처음 보는 꽃인데 너무 예뻐요! 너무 예뻐요!"

밭에 가면 승민은 나비처럼 돌아다닌다. 두 손으로 꽃을 부드럽게 쓰다듬고 그 손으로 향기를 맡으며 즐거워한다. 새로운 풀이라도 올라오면 금방 알아차리고 "이건 뭐죠?" 하고 묻는다.

"글쎄…… 잡초 아니겠냐. 못생긴 걸로 봐서."

내가 대충 뭉뚱그려 대답하면 아이는 레돔에게 가서 물어본다. 두 사람은 핸드폰을 들여다보며 결국 그 보잘것없는 풀의 이름을 알아내고 만다. 나는 예쁜 것보다 먹는 것을 더 좋아한다. 오이나 호박이나 토마토나 그런 것들. 어쩐 까닭인지 이웃 밭처럼 큼직큼직 잘생기지 않고 우리 밭의 것은 작고 못생겼다. 승민은 밭에서 딴 못생긴 오이나 토마토를 천금처럼 귀하게 받들어 음식으로 만든다. 그러나 이 아이가 가장 밝은 표정을 지을 때는 내가 음식물 찌꺼기통을 줄 때다.

"이거 밖에 좀 버려 줄래?"

무슨 보물 상자를 받은 것처럼 명랑하게 "네에!" 하고 들고 나간다. 땅이 먹을 맛있는 간식거리를 들고 나가는 것 같다. 음식물 찌꺼기를 들고 퇴비 더미로 가는 것을 좋아하는 아가씨가 세상에 또 있을까? 없다!

가끔 시내버스 시간을 못 맞추어 터미널에 아이를 데리러 갈 때가 있다. 저기 승민이 온다. 펄렁한 바지에 두꺼운 갈색 파커를 입었다. 머리는 짤막하고 볼은 통통하다.

"고맙습니다."

나직하게 말하면서 조수석에 오르는 아이가 참 사랑스럽다. 내 눈에서 하트가 뿅뿅 터진다. 우리 집에 일하러 오기 때문이 아니다. 계절이 세 번 지났지만 농사 실력은 별로 나아지진 않았다. 레돔이 밭일을 시키면 나는 빠르게 얼렁뚱땅 해치운다. 아가씨는 느리지만 꼼꼼하게 한다. 식물들하고 연애를 하는 것처럼 한 잎 한 잎 거두어 올리고 내린다. 이파리나 가지를 만질 때는 신기한 보석이라도 보듯이 이리 뜯어보고 저리 뜯어보고 감탄한다. 톡톡톡 귀엽다는 듯 땅을 두드려 준다. 땅이 좋아서 웃는 소리가 들리는 듯하다.

"아으, 그렇게 일머리가 없어서 어쩌냐."

내가 이렇게 말하면 아이는 "사실이에요, 사실!" 하고는 깔깔 웃는다.

인생이 내추럴해지는 방법

"아, 눈 덮인 포도밭을 아직 못 봤어요. 서울에서 너무 보고 싶었어요. 빨리 가봐요!"

차를 타면서 이렇게 말한다. 전날 밤 눈이 내릴 때부터 포도밭이 너무나 보고 싶었다고 한다. 세상에 이런 아가씨가 또 있을까? 없을 것이다. 세상에 하나밖에 없는 귀한 아가씨가 우리 집에 온 것이다. 눈 덮인 포도밭을 살금살금 걸어 다니며 볼이 빨갛게 상기된 아가씨를 보노라니 이곳에 대지의 여신이 온 것만 같다. 너무나 아름답다. 그러나 이 여신의 인생 목표인 자급자족의 앞날이 그리 순탄치는 않아 보인다. 우리 양조장의 앞날 또한 어떻게 될지 모르겠다. 우리의 미래가 쉬워 보이지는 않지만 분명한 것은 지금 이 순간 우리는 후회 없이 꿈꾸고 있다는 것이다.

인생이 내추럴해지는
지극히 개인적인 방법

"내추럴와인이 뭐예요? 그럼 지금까지 내가 마신 건 내추럴이 아닌 거예요?"

요즘 이런 질문들을 곧잘 받는다. 내추럴이 대세인지 내추럴 식탁, 내추럴 가든, 내추럴 스타일, 내추럴 하우스, 내추럴 대화, 내추럴 인생……. 어디나 내추럴이다. 어떤 프랑스 내추럴와인 광고에 한 남자가 포도밭을 배경으로 벌거벗은 모습으로 나온 적이 있다. 내추럴은 아무것도 안 입는 것? 외설적인 느낌보다는 굉장히 자연스럽고 가벼우며 유머러스해 보였다.

내 인생에도 이렇게 가벼운 순간이 있었던가 생각해 보니 어제도 느꼈다. 어떻게 사는지 모르겠지만 한 번씩 숨쉬기가 힘들 만큼 우울하다. 답답해서 시작한 것이 매일 저녁 집 앞 초등학교 운동장 걷기였다. 걷다 보니 걸치고 있는 것들이 성가셔서 신발을 벗고 작은 가방도 벗고 윗도리도 벗어 버렸다. 양말을 벗고 맨발로 걷기 시작했다. 발바닥에 땅의 감촉이 느껴졌다. 지금 내 발밑에 밟히는 이것이 지구구나, 내가 발을 딛고 사는 지구가 이런 느낌이구나, 참 단단하고 듬직하네……. 발바닥의 온 감각이 지구를 느꼈다. 지구는 자신이 살아 있는 존재임을, 내가 밟고 있는 것이 대지의 여신의 등짝임을 알게 해주었다. 뭉클했다. 이런 기분을 느꼈던 또 다른 순간들이 있다.

지난여름 바다에서 수영을 할 때였다. 찌는 더위였고 바닷물은 미지근했다. 주변에는 사람이 없었고 비가 살짝 뿌리는 것 같기도 했다. 출렁이는 바다에 들어가니 파도가 온몸을 두둥실 흔들리게 했다. 그때 나는 물의 감촉을 그대로 느꼈다. 바다의 무한한 크기가 느껴졌다. 이 물은 매일 달을 따라 밀려갔다 밀려오는 우주에 떠 있는 물이다. 나는 무한한 우주 공간에 흔들리며 떠 있는 작은 존재임을 느꼈고 너무나 편안했다. 생각해 보면 인생에서 이런 경험은 참 많다.

열대 나라에서 잘 익은 파파야를 먹을 때도 그랬다. 칼이 없어서 그냥 손가락으로 파파야를 반으로 잘랐다. 부드럽게 쪼개진 오렌지색 파파야 안에 검은 진주처럼 반짝이는 씨앗을 털어 냈다. 너무 목이 말라 그냥 파파야 속에 입을 쿡 박고 먹었다. 목을 타고 파파야 즙이 흘러내려 지저분해졌지만 먹는 것을 멈출 수가 없었다. 열대 땅의 열기와 농부의 땀, 먼지, 파파야 밭고랑을 흐르는 진흙탕 물의 맛이 그대로 느껴졌다. 과일을 먹으면서 그렇게 땅의 냄새와 열기를 느껴 보긴 처음이었다. 강렬했다. 그 뒤부터는 과일을 먹을 때면 그 때의 그 기분을 느껴 보기 위해 집중하는 버릇이 생겼다. 밭에서 갓 딴 복숭아를 먹으며 그 너머 희미하게 땅과 바람의 맛을 느낄 수 있을 때면 굉장히 기분이 좋아진다. 지구의 속 깊은 어딘가에서 길어 올린 물을 마시는 기분이 들었다.

내추럴와인도 그런 것이다. 집에 내추럴와인 한 병이 있다는 것은 와인이 온 땅과 그해의 비바람, 그 풍경을 병 속에 봉인해 둔 것과 같다. 내추럴와인은 기본적으로 유기농 과일을 손으로 수확해서 착즙한 뒤 아무것도 넣지 않고, 필터링이나 살균을 하지 않는 방식으로 만든 와인을 칭하는 말이다. 말 그대로 아무것도 걸치지 않은 술이다. 인간이 좋아하는 입맛에 맞추기 위해 뭔가를 첨가해 와인을 제조하는 것이 아닌 자연이 준 그대로의 과일을 발효해서 만드는 것이다. 과일이 자란 땅을 솔직하게 표현한 것이다. 술을 마셨을 때 '이건 너무너무 맛있다'는 평가는 입맛에 따른 각자의 취향이겠지만, 실제로 맛있는 술에는 소비자의 입맛에 맞추려고 많은 트릭이 있다.

언제부턴가 나는 술을 마실 때 '얼마나 맛있는가'보다는 '얼마나 내추럴한가', '얼마나 신선하고 살아 있는가'에 중점을 둔다. 음식 또한 입에 짝 붙는 맛보다 재료 본연의 특징을 살리려고 애쓰는 요리사가 더 좋다. 바다에 가서 수영하며 우주의 감촉을 느끼고 열대 나라에 가서 파파야를 먹으며 그 땅의 열기를 느끼며 사는 것이 인생이지만, 실제 우리 인생은 별로 그렇지 못하다. 땅과 바다와 하늘을 느끼는 것은 잠깐이고 대부분의 시간은 살아가느라 정신없다. 가엾은 인생이다.

그런 와중에 냉장고에 내추럴와인이 한 병 있다고 생각하면, 오늘 그것을 한잔 마셔야지 생각하면, 인생이 가벼워지는 기분이 든다. 한 잔 마시면 숨이 쉬어진다. 그렇다고 강요할 생각까진 없다.

인생이 내추럴해지는 개인적인 방법일 뿐이니 따라 하지는 마세요.

인생이 내추럴해지는 방법

1판 1쇄 발행 2022년 5월 27일
1판 4쇄 발행 2023년 12월 22일

지은이 신이현

발행인 김기중
주간 신선영
편집 민성원, 백수연
마케팅 김신정, 김보미 **경영지원** 홍운선
펴낸곳 도서출판 더숲
주소 서울시 마포구 동교로 43-1 (우 04018)
전화 02-3141-8301~2 **팩스** 02-3141-8303
이메일 info@theforestbook.co.kr
페이스북·인스타그램 @theforestbook
출판신고 2009년 3월 30일 제 2009-000062호

ISBN 979-11-90357-99-9 03810